Es liebt sich schlecht mit Sonnenbrand

Kurzgeschichten zum Lachen, Staunen und Fürchten.

Autor: Eduardo Esmi

Cover: Friedhelm Schmidt

Herstellung und Verlag:
BoD – Books on Demand, Norderstedt
ISBN: 9783839143292

Zum Buch:

Kurzgeschichten zum Lachen, Staunen und Fürchten, wie der Weihnachtsmann, der keiner sein wollte und so die Bescherung neu gestaltete.

Ist es möglich, mit Sonnenbrand Flitterwochen zu genießen?

Als Sekunden eines Sonnenstrahls zur Sternstunde wurden.

Wie lernt die einjährige Maria schwimmen?

Das Drama mit der Maus.

Wie ein Blick den Tag verändert.

Lassen Sie noch Ihre Scheren schleifen?

Was macht der Polizeiwagen ständig bei uns?

Fragen zur Führerscheinprüfung.

Das Böse.

Leben im Süden.

***

Autor:

Eduardo Esmi, geb. 1945 in Dänemark.

Nationalität: Deutsch

Lebte lange Zeit in West-Berlin.

Mehrere Berufe wie freier Handelsvertreter, Fotograf, Fotoreporter.

Ab 1981 in Spanien und Deutschland als Autor und Fotograf, für etliche Verlage tätig.

Verheiratet mit einer Malerin, lebt mit Ihr seit 1983 ständig in Spanien.

***

3

Inhalt:

***

Sonnenbrand

>>Eduardo, wir haben ein Problem.<<

>>Sag nichts, ich sehe es, Ihr habt zu lange in der Sonne gelegen.<<

>>Verdammt ja. Silvie wollte doch sofort in die Sonne, um braun zu werden. Du kennst sie doch, wenn sie sich was in den Kopf gesetzt hat, muß es doch immer gleich sein.<<

>>Wo ist denn Silvie jetzt? Sieht sie genau so verbrannt aus wie Du?<<

>>Noch schlimmer. Sie ist in der Wohnung und heult vor Schmerzen. Sitzt auf der Bettkante und kann nicht liegen und nicht richtig sitzen. Nur stehen geht noch.<<

>>Wie habt Ihr denn geschlafen?<<

>>Geschlafen, was ist das denn? Wir sind die ganze Nacht rumgelaufen vor Schmerzen. Nicht mal kaltes Wasser hat geholfen.<<

>>Habt Ihr Euch denn nicht geschützt?<<

>>Wir hatten doch gefrühstückt.<<

>>Was heißt das denn. Willst Du damit sagen Ihr habt die Sonnenmilch getrunken oder wie?

Einreiben Peter, nicht schlucken, bei uns gilt immer einreiben, auch wenn da Milch draufsteht.<<

>>Eduardo wir sind doch nicht blöd. Wir haben nur vergessen, uns einzucremen. Vom Flughafen aus in die Wohnung und dann an den Strand. Es war doch auch diesig. Keine volle Sonne. Wie gesagt gleich an den Strand und dann eingeschlafen. Wir waren seit vier Uhr auf den Beinen. Silvie meinte, sie will schnell braun werden.<<

>>Na ja, rot ist sie jetzt schon. Aber ob sie in diesem Urlaub noch braun wird, ich weiß nicht recht. Soll ich Euch zum Arzt bringen oder gleich ins Krankenhaus?<<

>>Was macht Ihr denn so bei Sonnenbrand?<<

>>Bei leichtem Brand nehmen wir kühlen Joghurt und streichen ihn über die Haut. Das hilft manchmal, kühlt aber schön. Nicht das Du jetzt in den Supermarkt rennst und den Falschen kaufst. Joghurt Natural, nicht Joghurt Azucarado, oder wolltest Du den dann von ihrer Haut lecken?<<

>>Shit, mit sowas brauche ich ihr gar nicht kommen, und das in unseren Flitterwochen.

Scheiße, einfach Scheiße die Situation. Entschuldige die Ausdrucksweise. Wir hatten uns so gefreut auf den Urlaub und jetzt das. Noch nicht mal lieben können wir uns. So ne Scheiße aber auch.<<

>>Versucht es doch mal natural.<<

>>Was heißt das denn?<<

>>Na ganz einfach, die Natur macht es Euch vor.<<

>>Du hast gut reden, wie denn. Jeder Kontakt mit der Haut schmerzt doch. Hattest Du noch nie einen Sonnenbrand? Ihr lebt doch alle hier in der Sonne.<<

>>Natürlich aber nicht so einen wie Ihr ihn habt. So dumm sind wir nicht. Wir schützen uns mit Creme und Kleidung. Das ist doch logisch oder nicht. Na bei Euch ja nicht, wie man sieht. Aber auf die Liebe braucht Ihr nicht zu verzichten. Nimm zum Beispiel die Igelvereinigung oder den Schmetterlingsakt. Der kommt aber glaube ich nicht in Frage, Du bist zu ungelenkig und kannst Dich nicht in der Luft über ihr halten. Wenn das alles nicht die erwünschte Lust bringt, so bleibt Euch wohl nur noch die Entennummer.<<

>>Wie sollen wir denn die machen?<<

>>Mann, Mann, Peter Du bist vielleicht begriffsstutzig. Hast Du Dir das Gehirn auch verbrannt? Ab jetzt trägst Du Sonnenhut. Die Entennummer geht, wie es bei den Enten so läuft. Die schnattern sich ein. Unten seid Ihr ja nicht verbrannt oder doch?<<

>>Du hast gut reden, aber unsere Lippen, Nasen sind es.<<

>>Du kannst die Geschichte auch anders angehen, unterdrückt die Anfangsschmerzen, nachher ist dann der Adrenalinspiegel so hoch, da spürt Ihr nichts mehr und liebt Euch wie die Verrückten. Es wird für lange Zeit das letzte Mal sein und daran werdet Ihr mit Sicherheit Euer Leben lang denken.<<

>>Du mit Deinen Ratschlägen. Was bitte können wir jetzt machen?<<

>>Peter, ich komme mit zu Euch, schaue mir Silvie an und entscheide dann. Bei Dir glaube ich reicht der Arzt noch.<<

*

In der Ferienwohnung.

Silvie sitzt nur mit dem halben Hintern auf dem Stuhl. Trägt nur ein Bikinihöschen. Ihr Gesicht ist verbrannt und dick geschwollen. Selbst die Lippen sind aufgeplatzt.

(Entennummer gestrichen. Auch die Igelnummer, noch so vorsichtig angegangen entfällt.) Der Rest ihres Körpers, schon feuerrot mit Blasen übersät. Beine, Brust und Bauch ein Brandherd.

>>Eduardo, schön daß Du kommst, ich muß zum Arzt. Bitte schau mich nur nicht an, sogar die Blicke schmerzen. Mir ist schlecht, und Kreislaufbeschwerden habe ich auch. Scheiß Spanien, scheiß Sonne, scheiß Strand, wär ich nur nie hergekommen.<<

Tränen laufen über ihre Wangen.

>>Zieht Euch was Leichtes an, ich fahre Euch ins Krankenhaus. Das ist ja unglaublich. Ich hab schon einiges gesehen, aber so einen Sonnenbrand noch nie. Wir fahren mit meinem Wagen und Ihr haltet Euch aus der Sonne raus, bis wir im Krankenhaus sind. Los jetzt, das ist ja nicht mit anzusehen.<<

Nach dem Besuch im Krankenhaus flogen die beiden wieder zurück nach Deutschland. Ich glaube mehr stehend als in ihren Sitzen.

***

Die kleine Maria

Maria hat es mit dem Wasser. Nicht nur was unten in den Windeln landet, nein das große Wasser, mit anderen Worten: das Mittelmeer ist gemeint. Ihre Begeisterung zum Wasser geht so weit, daß sie jegliche Scheu und Angst verliert, sowie sie mit ihren Eltern am Strand ist. Da läuft oder kriecht sie ohne Hemmungen in die Wellen und das mit einem Jahr. Das hat Formen angenommen, die ihre Eltern schier zur Verzweiflung treiben. Keine Sekunde können sie die kleine Maria aus den Augen lassen, ihr Weg geht ständig in Richtung Meer. In ihrer Krippe tritt sie nur als Meerjungfrau, Kugelfisch und Tintenfisch auf.

Was bleibt zu tun? Das Kind muß schnellstens schwimmen lernen. Aber wie? Das Meer ist zu unruhig, also nicht geeignet. Schwimmkurse sind für die junge Familie zu teuer. So bleibt nur der Swimmingpool und eine neue Form von Unterricht, die einfach und preisgünstig ist.

13

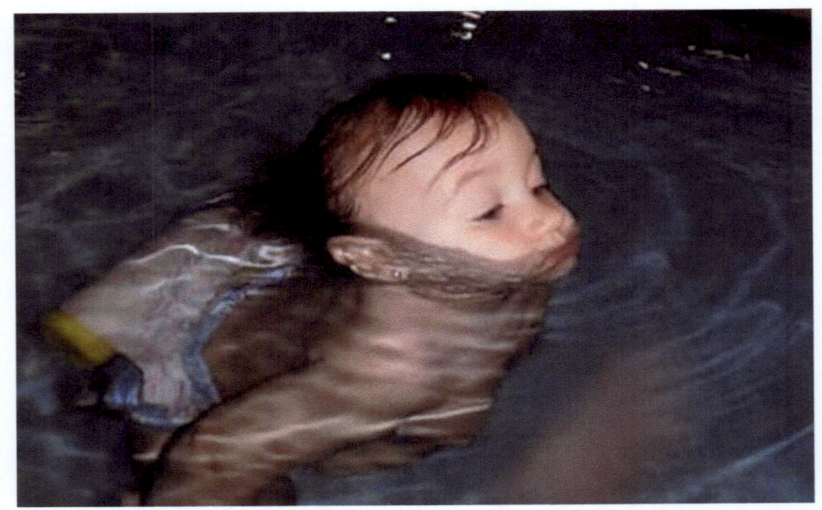

Diese Art des Schwimmunterrichts ist neu und
außergewöhnlich, sie soll den Kleinkindern die
Scheu vorm Wasser nehmen und gleichzeitig
eine Hilfe zum Erlernen des Schwimmens sein.
Voraussetzung ist natürlich, daß das Kind keine
Angst vorm Wasser hat. So wie bei Maria.
Des weiteren sind jetzt gefragt: Geduld, eine
Wassernudel und handwarmes Wasser und üben,
üben, üben.

Dazu wird eine Schaumstoffnudel so
zugeschnitten, daß sie das Kind trägt. Die wird
ihr hinten in die Badehose gesteckt und los geht
die erste Stunde. Je nach Fortschritt wird dann

die Schwimmnudel gekürzt, bis das Kind von alleine schwimmt.

Ein glückliches Kind und ihre Nerven werden es ihnen danken.

Maria läuft jetzt allein ins Meer, springt unbeobachtet in den Pool und ist kaum aus dem Wasser zu bekommen. Man munkelt sie habe schon Freunde Unterwasser gefunden.

***

Theaterspaß

In einer Theaterkneipe sitzen Markus Brand, 44, und seine jetzige Freundin Ella Leinemann, 29, und warten auf vier junge Schauspieler.

Matthias , Tamina, Ralf und Mario betreten den Gastraum. Schauen sich suchend um. Markus winkt ihnen zu.

>>Kommt setzt Euch. Wir kennen uns ja, das hier ist Ella meine Assistentin. Regie und Inszenierung liegen bei mir. Ich habe Euch in kleinen Nebenrollen erlebt und meine Ihr habt eine Chance verdient, eine Chance auf einen Karrieresprung.<<
Ralf räuspert sich: >>Worum geht es hier überhaupt, ich habe wenig Zeit?<<
Erstaunt blickt Markus auf. >>Wenig Zeit, sagst Du? Warum bist Du dann hier? Wegen Freibier, oder brauchst Du ein Arrangement? Wenn Du in Deinem Beruf weiterkommen willst, dann hör zu.<<

Die Bedienung tritt an den Tisch und nimmt die Bestellungen auf.

>>Wir kreieren gerade ein neues Theaterstück. Na ja, ganz so neu ist es dann doch nicht. Es hieß mal „Die Publikumsbeschimpfung".
Ein Schauspiel von Peter Handke. Es besteht aus einem Akt, wird nicht gespielt, sondern gesprochen, also ein „Sprechstück". Die Publikumsbeschimpfung wurde am 8. Juni 1966 in Frankfurt am Main im Theater am Turm uraufgeführt. Regie führte damals ein Claus Peymann. Ich erläutre Euch kurz den Vorgang:

Es treten vier namenlose Personen ohne besondere Kostümierung auf und sprechen das Publikum, das im Licht sitzt, direkt an. Wir sprechen nur. Damit ist bereits gesagt, daß das Stück keine Handlung im klassischen Sinn bereithält. Es geht vielmehr darum, sich mit dem Theater auseinanderzusetzen. Die Darsteller gehen im weiteren Verlauf des Stücks zunächst auf etwaige individuelle Befindlichkeiten beim Publikum ein und sprechen es direkt an. Allerdings ohne es dabei so zu beleidigen, wie es in rechtlichem Sinne heißt. Wie Ihr ja sicher wißt, besteht Humor aus einem Großteil von Schadensfreude. Auf diesem Wissen sollte der Abend verlaufen. Mit der eigentlichen Publikumsbeschimpfung, die nur den letzten Teil des Stücks bildet, soll nach vorherigem Bekunden der Darsteller eine gewisse Unmittelbarkeit hergestellt werden: Das Publikum wird mit allerlei Unerfreulichem betitelt, das zu einem Teil konkret auf die jüngere deutsche Geschichte anspielt, z. B. ihr Nazis, ihr Loser. Wenn Ihr das in die richtigen Bahnen lenkt, dann ergibt sich automatisch eine Podiumsdiskussion. Das wäre der Idealzustand. Nach den Beschimpfungen wird dem Publikum von uns eine gute Nacht gewünscht und laut Beifall geklatscht. Daß dies natürlich nicht ohne Spannungen abgeht versteht sich von selbst. Ihr müßt nur darauf achten, daß Ihr das Spiel leitet. Denn es gibt mit Sicherheit einige Besucher, die versuchen werden, den Spies umzudrehen. Also bleibt wachsam, sonst seid Ihr die Dummen und der Saal lacht über Euch. Wir nennen es „Die liebevolle Beschimpfung". Alles in Satire und so muß das auch beim Publikum ankommen und wahrgenommen werden. Habt Ihr das verstanden?<<

Die vier nicken einvernehmlich.

*

>>So jetzt proben wir das Mal. Ella und ich sind das Publikum und Ihr legt einzeln los. Ich gebe Euch ein Beispiel. Im Publikum sitzt eine Frau mit Hasenzähnen, ich frage sie: *Frau Hase, ist Ihr Puschel heute schon gepudert worden?* Dann könnt Ihr mit ihrer Antwort weiterverfahren. Rechtlich ist die Frage einwandfrei. Genauso wie folgende Szene. Ihr geht auf ein Paar zu und sprecht es an. *Seit Ihr ein Paar? Dann laßt uns über den voreiligen Samenerguß reden.* Nicht, daß Ihr über seinen voreiligen Erguß redet. Da liegt der Unterschied, ein Anwalt erklärt es Euch dann. Hoffen wir, daß es kein Staatsanwalt sein wird. Aber gut legt los.

*

>>Ich steig aus. Für so einen Blödsinn vergeude ich nicht meine Zeit. Das ist ein todgeborenes Kind, sage ich Euch. Mein Bier kann ich auch selbst bezahlen. Dann bis bald mal auf einer

guten Bühne.<<

Erstaunt blickt die Gruppe hinter Ralf her.

>> Na, dann machen wir eben ohne ihn weiter. Tamina, fang Du an.<<

Unsicher erhebt sie sich und geht um den Tisch. Wendet sich an Markus.

>>Sagen Sie mal, ist Ihr zu Hause so beschissen, daß Sie hier Eintritt zahlen, um sich beleidigen zu lassen?<<

>>Und Sie, für den Mist den Sie hier ablassen, bekommen Sie da Gage oder Bananen. Außerdem schauen Sie sich mal im Spiegel an, behängt mit Schmuck wie ein Kamel. Aber ein Kamel bleibt ein Kamel, auch wenn man es mit Edelsteinen belädt.<<

Erstaunt bleibt Tamina stehen, läuft vor Wut dunkelrot an.

>>Was ist das denn für ein Spiel, ich denke ich soll das Publikum reizen und nicht mich von Ihnen beschimpfen lassen. Mir reicht es, ich gehe.<<

Wütend stampft sie in Richtung Ausgang.

>>He Tamina, bist Du eine Schauspielerin oder eine Mimose?<<

Die letzten Worte hört sie schon nicht mehr.

>>Na gut machen wir weiter. Mario jetzt bist Du dran.<<

Mario lehnt sich zurück und schaut in den Gastraum. Spricht ein imaginäres Publikum an.

>>Sie da, Sie haben doch sicher Geschwister, so dumm kann einer allein nicht sein und außerdem, ist Ihr Clown-Kostüm gerade in der Reinigung?<<

Markus winkt ab.

>>Bist du von Natur aus so dämlich oder nimmst Du hier gerade Unterricht? Jetzt weiter mit Matthias.<<

Matthias erhebt sich, geht bis an den Tresen und kommt dann langsam auf den Tisch zu. Aus ihm sprudeln nur die Worte. Ohne Sinn und ohne einzelne Betonung ergießt sich eine Welle von Verunglimpfungen über den Raum: >> Tolle Klamotten hast Du an! Gibts die auch für Männer ?

Als Kind hat dir doch Deine Mutter ein Kotelett umgehängt, damit wenigstens der Hund mit Dir spielt!

Schau mal im Lexikon unter Arsch nach. Da ist Dein Gesicht abgebildet.

Wie sahst Du eigentlich vor Deinem Unfall aus ?

Wie bist Du eigentlich nach Deiner Abtreibung aus der Mülltonne gekommen?<<

>>Stop, so geht es nicht. Versuchen wir es mal mit Euren Worten. Jugendstimme ist jetzt gefragt. Wir teilen. Matthias gegen Mario. Los geht's.<<
Die beiden schauen sich lauernd an.
>> Mario, Deine Frau hat mir erzählt, Du hast Würmer, deshalb kannst Du auch nicht aufhören mit dem Fressen, stimmt das oder brauchst Du die zum Angeln? <<

>>Hat einer die 0 gewählt, daß Du dich meldest?<<

>>Bei Dir paßt auch der Spruch: Der Eber ist verstimmt, weil seine Frau ne Sau und seine Kinder Ferkel sind.<<
Fassungslos erwidert Mario:
>>Willst Du damit sagen, daß wir im Schweinestall leben?<<
>>Das hast Du selbst festgestellt.<<
>>Scheiße, mir langt das hier, daß Ihr immer persönlich werden müßt. Noch so ein Spruch und

Du hast meine Faust im Gesicht, Matthias.<<
>>Ha, ha Mario, wenn der Verstand versagt
fliegen dann die Fäuste? Ich glaub es nicht. Ein
Primat dreht durch.<<
Mario versucht, Mattias eine runterzuhauen, der
kann aber geschickt ausweichen.

>>Weißt Du, was ich bei Dir vermisse Mario,
das ist Deine Intelligenz, dafür wartest Du mit
Talent - und Humorlosigkeit auf. Ich frage mich
ernsthaft, ob ich hier noch in der Runde der
Richtige bin. Bevor ich mich hier noch von dem
eben erwähnten anstecken lasse, gehe ich lieber.
Das war es für mich.<<
Energisch minnt Markus Mario zur Seite.
>> Stop Mario, so geht es nicht. Was machst Du
bei Proben oder am Set, schlägst Du dann, wenn
es mit Dir nicht läuft, die Crew oder den
Regisseur zusammen. Vielleicht solltest Du mal
über einen Berufswechsel nachdenken. Bau oder
Bahn kann ich Dir da anraten.<<
Mittlerweile nehmen die anderen Gäste des
Lokals regen Anteil an den Gesprächen. Es
fliegen Sätze wie: „*Die Ratten verlassen das
Schiff. Das Witzkistchen leert sich. Was*

übrigbleibt ist schales Bier".
Markus blickt fragend Ella an.

>>Das wollen ernsthafte Schauspieler sein oder
werden? Mein Gott, die reichen noch nicht
einmal für eine Horrorschau. Mein Anspruch an
mich selbst war schon früh, meiner Familie oder
Bekannten innerhalb von Minuten zum Lachen
oder zum Weinen zu bringen. Das mit dem
Weinen ging anfangs leichter. Leider bei meiner
Mutter, und zwar immer dann, wenn sie meine
schulischen Leistungen mitbekam. Ja, ich war
damals faul, aber nie talentfrei. Was ich damit
sagen will ist das: Wer durch diese Hölle
gegangen ist, immer der Grund für die Tränen
seiner Mutter zu sein, den kann in den folgenden
Jahren nichts mehr erschüttern. Jetzt aber siehst
Du mich erschüttert. Bei den Herrschaften hier
wäre es besser, die hätten mich zum Lachen
gebracht. Wenn ich mich jetzt so umblicke, fällt
mir das Lied von Reinhard May ein: *„Alles was
ich habe ist eine Küchenschabe"*. Die hirnlosen
Amöben haben es aber geschafft, mich zum
Weinen zu bringen. Was meinst Du, wenn wir
das hier nicht hinbiegen, dann habe ich noch

einige Projekte in der Schublade. Zum Beispiel die Beschimpfungen in Büros, auf Polizeiwachen in Pateibüros und in Rathäusern. Komm laß uns gehen, wir reden im Hotel weiter.<<
Zurück bleibt ein völlig frustrierter und verstörter Mario.

***

Sonnengöttin

Das Mittelmeer liegt flach und ruhig da. Die Bucht um den kleinen Fischerort ist eingebettet von Hügeln, Klippen und fällt zum Strand hin flach ab. Jetzt ist die Luft lieblich mild und warm. Im Juni steigen die Temperaturen mittags gegen 36 Grad an. Ein leichter erfrischender Wind streicht vom Meer her über das Land. Das Haus am Strand ist alt aber gepflegt. Der Balkon zeigt zur Meerseite und liegt noch im Schatten.

Die Türflügel öffnen sich, sie betritt den Balkon. Majestätisch schreitet sie bis ans Geländer. Ihre blonden Haare umspielen im Wind ihr Gesicht. Ein dünnes buntes Tuch bedeckt ihren Körper. Ein Körper der nicht mehr jung ist, aber auch nicht alt. In dem Moment, als die Sonnenstrahlen sie erreichen, fällt das Tuch. Im Schein der Sonne erstrahlt sie als Sonnengöttin vor ihrem Volk. Nackt, schön, perfekt.
Das Volk ist beeindruckt und jubelt ihr zu.
Das Volk, das bin nur ich.

*

Mein Telefon klingelt.

>>Eduardo, hab ich gestern meinen
Autoschlüssel bei Euch vergessen? Ich kann den
nicht finden.<<
>>Warte ich schau mal nach. Du bist doch mit
Deinen Nachbarn hiergewesen, vielleicht liegt
der bei denen im Wagen?<<
>>Nein bei denen habe ich schon nachgefragt, da
ist er nicht.<<
>>Gut warte einen Augenblick ich such ihn.<<

>>Vita, (ihr Name wurde aus
Datenschutzgründen verändert.)
Du hast Glück, er lag im Sessel, er ist in die Seite
gerutscht. Paß auf, ich fahre gleich runter und
bringe ihn Dir, Ok.<<
>>Mann, bin ich froh, nicht auszudenken, wenn
ich den verloren hätte.<<

*

Vita, eine attraktive blonde Dame mit
berauschender Figur, (hier schweigt des

Sängers Höflichkeit) lebt einige Wochen im Jahr hier bei uns an der spanischen Küste. Vita wohnt dann im Urlaub in ihrem kleinen Fischerhaus. Das Haus liegt etwas verwinkelt am Strand und hat so erst gegen Mittag die volle Sonne.

Ich stehe vor ihrer Haustür und klopfe. Keine Reaktion. Ich trete zurück und rufe sie. Oben auf dem Balkon im ersten Stock öffnet sich die Flügeltür. Vita tritt heraus nur mit einem Tuch bekleidet.
>>Eduardo, ich wollte gerade zur Dusche. Kannst Du warten, bis ich fertig bin?<<
>>Vita ich habe den Schlüssel in der Hand, komm ich schmeiß ihn Dir hoch.<<
>>Ja gut, ich versuche ihn zu fangen.<<
Der Schlüssel fliegt, sie streckt ihre beiden Hände dem Schlüssel entgegen. Das Tuch fällt, Sonnenstrahlen treffen in dieser Sekunde auf nackte Haut. Eine Göttin erstrahlt im Licht. Ich bin begeister von dem Anblick.

Aus der Sekunde des Sonnenstrahls wurde eine Sonnengöttin zur Sternstunde.

***

Der wilde Weihnachtsmann

In einer Eckkneipe in Castrop Rauxel stehen vier Männer beim Bier. Drei der Männer sind Familienväter. Nur der Vierte ist unverheiratet und heißt, Josef.

>>Jo, was machst Du Heiligabend?<<
>>Mmm, ich weiß noch nicht, wahrscheinlich haue ich mich vor die Glotze und gehe früh schlafen.<<
>>Was hältst Du davon, zu uns zu kommen und den Weihnachtsmann zu spielen. Unserer ist leider ausgefallen und wir suchen dringend Ersatz.<<
>>Ich mach das nicht. Kein Bock auf Kinderkram<<
>>Ach komm Du mit Deiner Figur paßt doch genau ins Kostüm. Wir bezahlen Dich auch gut. Mann Josef, es sind doch nur drei Besuche und die Kinder freuen sich doch so.<<
>>Ich weiß doch gar nicht, wie das geht. Liebe Kinder ich komm vom Himmel, das glaubt doch heute keine Sau mehr. Nee, nee laßt mal, sucht

Euch einen anderen Doofen.<<

>>Hier noch mal vier Pils Peter und stell noch
vier Korn dazu.<<

Die drei schauen auf Josef.

>>Mann Josef, allein Dein Name ist doch schon
Verpflichtung in der Weihnachtzeit. Laß Dich
doch nicht so bitten, soll Dein Schaden auch
nicht sein. Paß auf, wir schreiben Dir einen
Zettel den brauchst Du nur vorlesen und gut
ist.<<

>>Wie einen Zettel, was steht denn da drauf?<<

>>Ganz einfach, da stehen die Sünden der
Kinder drauf. Die liest Du vor und drohst dann
ernsthaft mit der Rute. Später schüttest Du nur
den jeweiligen Sack aus oder wie Du das machen
willst. Hast von unserer Seite freie Hand.<<

>>Ok, aber nicht, daß Ihr mir nachher kommt
und Euch beschwert, das war nicht richtig oder
warum so und nicht anders.<<

>>Nein, nein Josef, wir sind ja froh, daß Du das
machst. Peter, bring uns noch eine Runde, als
Vertrag mit dem Weihnachtsmann.<<

*

Der 24. Dezember, gegen 19:00 Uhr.

Familie Müller:

Mutter und Vater Müller mit Sohn Klaus, 5 Jahre.

Es klingelt an der Tür. Mutter Müller eilt zu Wohnungstür. Ein Knall, als wenn jemand an die Tür getreten hat, läßt sie erschreckt zusammenzucken. Sie öffnet die Tür und der Weihnachtsmann stürmt durch den Flur in Richtung Wohnzimmer. Eine leichte Alkoholfahne zieht hinter ihm her. Im Wohnzimmer orientiert er sich. Hier steht der kleine Klaus vor dem beleuchteten Weihnachtsbaum und schaut erwartungsvoll auf den einstürmenden Weihnachtsmann. Stammelt immer wieder: >>Der Nikel, der Nikolaus.<< Vater Müller sitzt auf dem Sofa und spielt den Unbeteiligten.

>>Ho, ho, ho, was muß ich hier lesen, Du hast Deine Mutter getreten. Deinem Vater einen Vogel gezeigt. Stimmt das?<<
Klaus schaut ihn nur groß an.

>>Wo ist denn Dein Sack lieber Weihnachtsmann?<< Kommt es zaghaft.

>>Wieso, wolltest Du da rein. Verdient hättest Du es ja. Aber wir regeln das dieses Jahr anders. Du bekommst anstatt Geschenke eins mit der Rute.<<

Zieht dem Jungen eins über und geht grummelnd aus dem Haus.

>>He Weihnachtsmann, was ist mit den Geschenken?<<

Ruft ihm der Vater hinterher. Der aber hinterläßt einen verstörten Klaus, einen ratlosen Vater und eine wütende Mutter. Der Sack mit den Geschenken steht noch im Flur. Empört ruft sie bei Familie Schulze an und berichtet denen.

>>Irmgard, Ihr glaubt das nicht. So etwas habe ich noch nie erlebt. Der Jo ist betrunken oder völlig verrückt. Ihr glaubt nicht, was der hier bei uns für eine Schau abgeliefert hat. Er fragte nicht warst du auch lieb, nein er schlägt erst zu und fragt dann. Unseren Klaus wollte er noch in den Sack stecken, ich sage Euch ein Skandal. Mir ist das Weihnachten vergangen.<<

Wütend haut sie den Hörer auf das Telefon.

*

Familie Schulze:

Mutter Irmgard, Vater Bernhard sowie die Kinder Jesse 6 Jahre und Bibi 4 Jahre erwarten den Weihnachtsmann.

Es klopft an der Haustür.
>>Ho. ho, ho, wohnt hier, ein Jesse und eine Bibi Schulze?<<
Polternd schlurft Jo in die Wohnung. Gerade noch drückt ihm Vater Bernhard einen Zettel in die Hand. Auf dem Zettel steht: „ Jesse ist schlecht in der Schule und faul. Bibi nur noch frech. Sei bitte streng zu ihnen, ist rot durchgestrichen". Langsam setzt der Weihnachtsmann seine Brille ab. Schaut sich die erwartungsvollen Gesichter der Kinder an. Zögert und brüllt dann los: >>Was soll das denn hier? Erst streng und jetzt Zucker in den Arsch blasen bei den Kleinen?<<
Mit einmal ertönt von der kleinen Bibi: >>Lieber guter Weihnachtsmann schau mich nicht so böse an, schenk mir Deine Gaben.<<
Überrascht wendet sich der Weihnachtsmann an

die Kleine. Betrachtet sie einen Moment und spricht dann die Eltern an.

>>Einen Dreck werde ich tun. Macht doch Eure Scheiße selbst. Ich bin doch nicht verrückt und beschenke eure verwöhnten Gören. Prügel haben die verdient und nichts anders. Hier steht es doch schwarz auf weiss. Die faule Bande die. Mir reicht der Scheiß hier.<<

Versucht noch umständlich den beiden Kindern eins überzuziehen, die aber flüchten verstört hinter den Tannenbaum. Schimpfend schüttet er den Sack mit den Geschenken aus. Dreht sich dann schweigend um und wankt nach draußen.

*

Familie Fritsche:

Tina, die Mutter, Vater Jochen, Opa Hubert sowie die Kinder Michael 9 Jahre und Carsten 6 Jahre.

Es klingelt ununterbrochen.
>>Ich glaube das ist der Nikolaus.<<
Mutter Tina stürzt nach draußen und kommt mit dem Weihnachtsmann zurück.

34

>>Ho, ho, ho, Eure Klingel ist im Arsch. Das muß geregelt werden. Das ist doch Deine Aufgabe.<<

Gibt Vater Jochen eins mit der Rute. Die Familie freut sich. Opa Hubert ist begeistert. Spricht zu sich selbst:

>>Endlich mal ein echter Weihnachtsmann, das Lob ich mir.<<

Der kramt in seinen Taschen und angelt einen zerknitterten Zettel raus. Langsam liest er das Geschriebene. >>Michael, vortreten.<<

Ein Schlag mit der Rute läßt den Jungen nur frech grinsen.

>>Hier steht, daß Du Deine Eltern fürn Arsch findest. Stimmt das so?<<

Der nickt grinsend. Der Weihnachtsmann schaut den Vater an und sagt: >>Was soll ich mit dem Jungen machen, er ist ehrlich und recht hat er auch. Komm Michael hier Deine Geschenke.<<

Überreicht ihm umständlich einige Pakete.

>>So zu dir Carsten.<<

Kaum hat er das gesagt, bearbeitet die Rute den Jungen. Der versucht sich duckend zu schützen. Flüchtet dann hinter seine Mutter.

>>Du bist der Unhold von der Straße wurde mir

berichtet. Hast keine Achtung vorm Alter. Das treibe ich Dir aus. Geschenke? Dieses Jahr nicht. Erst wenn du wieder brav bist, gibt es was. Kannst Dich ruhig hinter Deiner Mutter verstecken, die bekommt auch gleich noch mit einen übergezogen. Verdient hat sie es ja. Habt Ihr einen Schnaps für mich.<<

Der kleine Carsten fängt an zu weinen. Steigert sich hysterisch bis zum Brüllen. Mutti Tina drängt den Weihnachtsmann in den Flur. Man hört nur undeutliche Gesprächsfetzen. Michael, der sein Weihnachtsgeschenk ausgepackt, hat schaltet es ein. Dann fällt krachend die Tür zu. Mutti kommt aufatmend zurück ins Wohnzimmer.

>>Mein Gott, was für ein Fest. Hier Carsten, der Weihnachtsmann hat doch noch Geschenke für Dich da gelassen.<<

Sie schüttet den Sack aus. Carsten stürzt sich mit Tränen im Gesicht auf die Pakete.

>>Und was ist mit mir?<<

Opa Hubert zieht sich enttäuscht in die Sofaecke zurück. Vati spricht Michael an: >>Zeig uns mal was Du bekommen hast?<<

Michael schaltet sein neues Gerät ein. Ein Geräusch von Pfeifen und Rauschen ertönt. Dann hören alle Mutti sprechen: >>Mann Jo, Du kannst doch nicht so auf die Kinder einschlagen. Wir haben doch Weihnachten. <<

>>Also jetzt hör doch auf, beklagst Dich das ganze Jahr, daß die Dich nerven und jetzt soll ich das noch gutheißen. Nicht,s da mit Weihnachten. Prügel haben die verdient. Du bist viel zu lasch zu denen.<<

>>So lasch wie Du mein Lieber, wenn Du bei mir mal die Rute benutzt hättest, das wäre mal eine Überraschung. Das nächste Mal nur noch im Weihnachtsmannkostüm mit dickem Sack und vergiß die Rute nicht. Machst mich richtig heiß in Deinem Kostüm. Jetzt geh, hör auf zu fummeln, ich muß meine Leute beruhigen.<<

>>Tina, ich brauch einen Schnaps.<<

>>Jo geh jetzt, nicht daß die noch was merken.<<

Kichernd schiebt sie den Weihnachtsmann aus der Tür, und leise hört man, wie Kleidung gerichtet wird.

>>Hi, hi, Unzucht mit dem Weihnachtsmann. Hi, hi. Das glaubt mir ja doch keiner.<<

Fassungslos starren sich alle an.

>>Das ist doch ne Schweinerei, oder?<<

Mutti läuft rot an, sagt aber nichts. Vati erhebt sich und stöhnt: >>Dem hau ich auf Fresse. So eine Bescherung.<<

>>Fröhliche Weihnachten<< Kommt es von Opa Hubert.

*

Wieder in der Eckkneipe stürmen die beiden aufgebrachten Väter von Jesse, Bibi und Klaus ins Lokal.

>>Wo ist der Jo?<<

Der Wirt zeigt mit einer Kopfbewegung an, daß der Weihnachtsmann hinten in der Ecke sitzt.

>>Wißt ihr schon das Neuste? Jo hat die Fritsche gevögelt.<<

Ungläubig schauen sich die beiden Väter an.

>>Wie kommst Du denn darauf, Peter?<<

>>Ihr Alter war gerade hier und wollte Jo an die Wäsche. Aber bei mir wird kein Weihnachtsmann verprügelt, in meinem Haus nicht. Soweit kommt es noch. Was wollt Ihr

trinken?<<

>>Peter sprichst Du von der Tina Fritsche?<<

>>Ja, ja von wem denn sonst, oder kennt Ihr eine andere Tina Fritsche?

>>Unser Jo hat die Tina gevögelt? Und das bei der Bescherung. Respekt kann ich da nur sagen, Respekt. Hab ich nicht immer gesagt, die Tina ist nee ganz geile.<<

Aus dem Radio ertönt leise: >>Kling Glöckchen, klinge linge ling, kling Glöckchen kling.<<

***

Gegendarstellung

Familie Reiter und ihre Nachbarn Familie Staller leben seit Jahren friedlich nebeneinander. Was jetzt zu dem Nachbarschaftsstreit geführt hat, läßt sich nicht mehr genau ermitteln. Eingeweihte sprechen von einem Eifersuchtsdrama. Es soll wohl ein Techtelmächtel zwischen Herrn Reiter und Frau Staller gegeben haben. Andere wollen wissen, daß der Streit von den beiden Hausfrauen ausging. Worte wie alte Hexe und Schlampe sollen gefallen sein. Wiederum behaupten einige, daß es doch ganz anders war. Nämlich, daß Herr Reiter seine Bohrmaschine kaputt zurück erhalten hat und dann der Streit darüber eskaliert ist. Jedenfalls ist das Dorf jetzt geteilt in Sympathisanten für Familie Weber und Anhänger für die Familie Staller. Nur der Bürgermeister und der Gasthofwirt geben sich neutral. Über all dem steht aber noch der Pfarrer der kleinen Gemeinde.

Nach einer Gemeinderatssitzung sprechen die drei noch über den Streit.

>>Also ich als Bürgermeister bin zur Neutralität verpflichtet. Ein Gespräch mit den beiden Parteien hat von meiner Seite nichts gebracht. Weiter kann ich nicht gehen. Dann muß eben die Justiz entscheiden.<<

>>Ich halte mich bewußt raus, eine Entscheidung zu der einen oder anderen Seite kostet mich nur Gäste. Außerdem höre ich nur Vermutungen und Beschuldigungen. Von meiner Seite erfolgt kein Kommentar. Bei mir gibt es nur Getränke und Speisen.<<

>>Aber Sie Herr Pfarrer, Sie können doch die zerstrittenen Parteien im Namen Christi zur Einsicht bringen.<<

>>So Gott will versuche ich es. Wie sagt der Volksmund, die Hoffnung stirbt zuletzt. Was meint Ihr, soll ich mit Reiter anfangen, der erscheint mir noch am vernünftigsten.<<

*

>>Entschuldigen Sie Herr Pfarrer, aber wir, und hier spreche ich auch im Namen meiner Frau,

haben alles versucht, um wieder zu einer normalen Nachbarschaft zu kommen. Aber es scheint wohl nicht möglich zu sein. Darf ich Ihnen Herr Pfarrer ein Gleichnis erzählen. Ein Gleichnis, was zeitlos ist, aber gut zur Familie Staller paßt.<<

„Eine junge Frau kommt zum Pfarrer. Bittet um ein Gespräch.
>>Herr Pfarrer, mein Mann schlägt mich immer. Bitte helfen Sie mir.<<
>>Oh Gott Kindchen, das ist ja schrecklich, was sagen denn Deine Eltern dazu?<<
Die Frau fängt an zu weinen. >>Zu meinem Vater brauche ich erst gar nicht kommen, der war schon immer gegen meinen Mann. Der schlägt mich auch. Wegen Dummheit. Was soll ich denn nur machen, ich bin verzweifelt und am Ende.<<
>>Jetzt beruhige Dich, mein Kind, ich werde mit Deinem Mann sprechen und versuchen ihn zur Vernunft zu bringen.<<
Am nächsten Abend geht der Geistliche zum Ehemann. Versucht ein klärendes Gespräch. Der läßt sich aber auf nichts ein und schmeißt den

Pfarrer raus. Empört geht dieser anschließend zum Vater der Frau. Der Vater bittet den Pfarrer rein und hört sich alles in Ruhe an.

>>Was meinen Sie Herr Pfarrer? Wie soll ich mich verhalten? Ich sag es Ihnen. Schlägt er mir meine Tochter, so schlage ich seine Frau. So geht das hier auf dem Land und jetzt gehen Sie besser.<<

>>Verstehen Sie jetzt, wie das hier im Dorf läuft?<<

>>Nein Herr Reiter, ich verstehe es nicht. Das hat doch mit christlicher Nächstenliebe nichts zu tun. Können Sie denn nicht den ersten Schritt zu einer Versöhnung tun. Der Herr lebte uns doch Toleranz und Güte vor.<<

>>Gut Herr Pfarrer, ich werde noch einen Schritt in Richtung Versöhnung machen. Eine Gegendarstellung im Sonntagsblatt veröffentlichen und alle meine Verfehlungen bereuen. Reicht das?<<

>>Gesegnet sei der Tag und gehe hin in Frieden.<<

*

An nächsten Sonntag erschien eine halbseitige Anzeige im Sonntagsblatt mit folgendem Wortlaut:

Gegendarstellung

Ich nehme hiermit zurück, daß ich gedacht habe, Anton Staller ist ein Idiot und dummes Schwein. Seine Kinder sind alle Kuckuckskinder, da er ja impotent ist. Weiter bereue ich gedacht zu haben, Irmgart Staller ist eine Schlampe und männergeil. Obwohl sie mir ein eindeutiges sexuelles Angebot gemacht hat, wie ich glaubte. Anzunehmen ist auch, daß bei Anton pro Jahr einige Hörner dazukommen werden, da sollte er sich doch besser gleich Hubert Hirsch nennen. Weiter glaube ich, daß es in der Familie nicht mit rechten Dingen zugeht, speziell in der Finanzbeschaffung, mehr möchte ich hier nicht ausführen. Darum sollte sich die Polizei kümmern. Zum Schluß hoffe ich auf eine gute Nachbarschaft mit Familie Staller, wenn sie denn endlich hier verschwunden ist.

Klaus Reiter.

*

Der Krieg ging jetzt erst richtig los.

***

Ein Traum?

Paul Haberland, 29, Buchhalter in einem Logistikunternehmen, verläßt sein Büro. Er ist, wie so oft, der Letzte in der Firma, der das Bürogebäude verläßt.
Introvertiert und ganz in seinem Beruf aufgehend, so sieht er sich selbst.
Es ist 21:16 Uhr.
Grüßend geht er am Wachdienst vorbei in Richtung seines Parkplatzes.
>>Guten Abend Herr Haberland, ist mal wieder später geworden, nicht wahr?<<
>>Ja, ja, einen guten Abend auch Ihnen. Was für ein Mistwetter hier draußen.<<
Sein Parkplatz liegt etwas abseits der Firma unter Bäumen. Das Wetter ist regnerisch und unangenehm kühl. Auf dem Weg zum Auto schlägt er seinen Mantelkragen hoch und preßt seine Aktentasche dicht an sich. Hier unter den Bäumen bei seinem Wagen dringt nur wenig Licht von der Anlage her. Es ist stockdunkel.

Gerade als er einsteigen will, bemerkt er eine
Bewegung hinter sich. Blitzschnell wird ihm ein
schwarzer Sack über den Kopf gezogen und er
wird gegen seinen Wagen gedrückt.

>>Wenn Du das unbeschadet überleben willst,
dann füge Dich.<<

>>He, was soll das? Was wollt Ihr von mir?<<
Brutal werden ihm seine Arme nach hinten
gedreht und seine Hände gefesselt.

>> Noch ein Ton und Du bist tot.<<

*

Verängstigt bemerkt er, daß sie ihn auf die
Rückbank eines Autos legen. Er vermutet, daß
drei Männer ihn überfallen. Dann geht die Fahrt
quer durch die Stadt, glaubt er zu erkennen. Nach
dem Halt wird er eine Treppe hochgeschleppt
und auf einer Matratze abgelegt. Erkennen kann
er durch den dunklen Stoff nichts. Schritte
entfernen sich. Dann ist es still. Lange liegt er
allein, verliert das Zeitgefühl. Dann öffnet sich
eine Tür und stakkatoartige Schritte kommen auf
ihn zu. Mit Schwung wird ihm der Sack vom
Kopf gerissen. Das grelle Licht blendet ihn so,
daß er seine Augen schließt.

>>Augen auf im Verkehr, ha, ha.<<

Er blickt erstaunt nach oben. Über seinem Kopf steht eine nackte junge Frau auf High Heels. Kein Härchen versperrt seinen Blick auf nackte Haut.

>> *Das soll die Pforte zum Paradies sein?* <<

Ungläubig starrt er auf die intime Stelle. Erst sein zweiter Blick bringt ihm Erkenntnis. Bettina Hoffman, die Schreibkraft aus der Warenannahme steht über ihm. Aus diesem Blickwinkel hat er sie noch nie gesehen.

>>Sind Sie verrückt Frau Hoffman, was haben Sie vor? Was soll das hier?<<

Sie rutscht langsam auf seinen Körper.

>>Verdammt, was machen Sie?<<

>>Weißt Du das immer noch nicht? Muß ich Dich erst zu Deinem Glück zwingen? Du merkst aber auch gar nichts.<<

Flüstert sie in sein Ohr. Sie nimmt seinen Kopf in ihre Hände und küsst ihn auf seine Wangen. Wieder und wieder. Dann vorsichtig auf den Mund. Als seine Lippen weich werden und er den Kuss erwidert, verhärtet sich unten ein Körperteil.

>>Mein Gott Paul, Du reagierst ja wie ein normaler Mann, und ich hatte die Hoffnung schon fast aufgegeben. Na manchmal muß man eben dem Glück etwas nachhelfen.<<

Ihre Hand gleitet nach unten zu seinem Schritt.

>>Jetzt wollen wir den Kleinen aus seiner Enge befreien und sehen, was er noch so anstellt in dieser Nacht. Ist ja ein richtiger kleiner Frechdachs, den Du da hast.<<

*

Verwirrt schreckt Paul in seinem Bett hoch. Er wischt sich den Schweiß aus dem Gesicht und versucht sich zu erinnern.

>>*Bettina Hoffmann? Bettina Hoffman. Was war mit der? Nein, das war doch nur ein Traum? Sein geheimster Wunsch, oder Realität?*<<

Seine Härte unter der Bettdecke spricht eine klare Sprache, oder?

***

Abenteuerurlaub

In der Calle Angel in der Altstadt von
Villajoyosa, Spanien, habe ich ein Appartement.
Es liegt direkt am Meer, in einem Abschnitt, der
von Zigeunern bewohnt wird. Nicht das ich
etwas gegen die Bewohner habe, ganz im
Gegenteil. Wenn Du als neuer Nachbar
willkommen bist, kannst Du Deine Wohnung
offenlassen, es kommt nichts weg. Du bist sicher
wie in Abrahams Schoß. Die Wohnung hatte ich
für wenig Geld erworben, renoviert und jetzt
eingerichtet. Sie sollte verkauft werden.

*

Ein Bekannter sprach mich an.
>>Eduardo, kannst Du mir helfen, ich bin in
einer peinlichen Lage. Vor einiger Zeit habe ich
meinen Freund und seine Frau eingeladen, uns in
den Sommerferien zu besuchen. Jetzt ist aber
überraschend noch meine Tochter mit ihrem
Freund gekommen. Das hat sich terminlich leider
um zwei Tage überschnitten. Kannst Du uns

Dein Appartement vermieten, nur für eben die zwei Tage?<<

>>Mm, Du weißt, es ist nicht jedermanns Lage da unten. Außerdem nur zwei Tage, da lohnt doch der Aufwand nicht.<<

>>Ich zahl Dir eine Woche, ist das in Ordnung?<<

>>Und was machst Du, wenn Dein Freund oder seine Frau geschockt sind von der Umgebung?<<

>>Egal, Du bekommst Dein Geld. Ich versuche sie bei mir und am Strand zu beschäftigen, es ist dann nur zum Schlafen. Mann es sind doch nur zwei Tage.<<

>>Manfred mir ist das egal, es sind Deine Freunde.<<

*

Am Tag der Anreise stehe ich in der kleinen, schmalen Gasse und warte auf die neuen Mieter. Eine Gasse so um die drei Meter breit und einer Länge von je drei alten Fischerhäusern. Links ein Fischlokal, das die gesamte Länge der Gasse einnimmt. Im letzten Haus der Sackgasse liegt im ersten Stock mein Appartement.

*

Manfred und sein befreundetes Ehepaar
kommen auf mich zu. Die Koffer hinter sich her
ziehend, transpirierend und abgekämpft.
>>Darf ich vorstellen, meine Freunde aus
Frankfurt. Herr und Frau Winkelhausen. Mein
Nachbar, Herr Esmi, der Vermieter. Sie sind
schon vorgewarnt.<<
Ich lächle süßsauer.

Als wir in die Gasse einbiegen, werden die
Gesichter länger. Ich versuche, mein
Appartement anzupreisen: >>Es ist zwar klein,
aber es liegt im Schatten, das ist immer gut bei
der Hitze hier. Vom Balkon seht ihr das Meer
und den Strand. Laßt Euch nicht täuschen, alles
volkstümlich, keine Touristenecke, ihr seid hier
unter Spaniern.<<
>>Außerdem ist es doch nur zum Schlafen und
für zwei Tage.<< Kommt von Manfred.
Ich übergebe die Schlüssel und wünsche einen
guten Urlaub. Verabreden uns für übermorgen
zum Auschecken.

*

Zwei Tage später sitzen die Freunde alle vorne im Fischlokal. Keine Koffer und Taschen sind zu sehen, nur strahlende Gesichter. Ich gehe neugierig an den Tisch.

>>Hallo, wolltet Ihr heute nicht nach oben?<<
Die Mieter winken fröhlich ab.

 >>Nein, wenn es geht, bleiben wir in der Wohnung. Von hier sind wir sofort am Strand. Das beste Fischlokal gleich gegenüber, was wollen wir mehr. Außerdem könnt ihr mir die Abenteuer bei euch am Berg nicht bieten.<<
>>Was bitte für Abenteuer?<<
>>Das Piso ist zwar klein, aber es ist, als wenn wir in einem Kino leben. Ich sage Euch, das ist hier Abenteuer pur. Im Umkreis von Hundertmetern kenne ich sämtliche Drogenverstecke. Eine Razzia konnten wir schon beobachten, und nächste Woche sind wir zu einer Zigeunerhochzeit eingeladen. So, jetzt sagt mir, warum sollen wir zu Euch hoch auf den Berg? Nein, wir bleiben hier. Aber das Beste kommt ja noch, ich habe hier gegenüber einen neuen Freund kennengelehrt. Hier den Wirt vom Lokal. Mit dem sitze ich nachts, wenn er in seiner

Küche aufgeräumt hat, auf der Treppe. Ich auf meiner, er gegenüber auf seiner Türschwelle.<<

>>Wie unterhaltet ihr euch denn, er spricht doch nur spanisch. Du doch nicht, oder?<<

>>Nein, das nicht, aber wir verstehen uns trotzdem, jeder hat sein Bier in der Hand und los geht es. Seht es als einmalig an, eine Freundschaft ohne Worte.<<

>>Ha, ha ihr betrinkt euch und labert euch gegenseitig voll, so läuft das.<<

>>Na, wenn Ihr das so meint, wir bleiben hier. Mein Abenteuer, sprich Urlaub, ist noch nicht vorbei. Ich berichte euch dann. Wir sind hier bei besten Freunden, Freunde ohne Worte, ha, ha. Wie Ihr seht, sind wir angekommen, macht Euch keine Sorgen um uns.<<

Das Appartement war dann für drei Wochen vermietet.

***

Drama

Protagonisten:

Herbert Zuckmann, 76 Jahre, Verstorbener.

Elfriede Zuckmann, 70 Jahre, Witwe.

Karin, Weberstein, geb. Zuckmann, 40 Jahre, Tochter.

Hans Joachim Weberstein, 43 Jahre, Schwiegersohn.

Jennifer Weberstein, 6 Jahre, Enkeltochter.

*

Das Drama begann am Freitag um 23:21 Uhr. Da verstarb Herbert Zuckmann, plötzlich und unerwartet. Der herbeigerufene Hausarzt stellte Herzversagen fest.
>>Herr Doktor was soll ich jetzt bloß machen? Ich muß den Kindern Bescheid geben.<<
>>Meine liebe Frau Zuckmann, ganz ruhig, soll ich Ihnen eine Beruhigungsspritze geben? Den

Bestatter kann ich ja für Sie anrufen. Wir arbeiten hier im Ort mit dem Beerdigungsinstitut „Ewigkeit" zusammen. Ist Ihnen das Recht?<<
>>Ja, ja, Herr Doktor, ich rufe meine Tochter an und die kann dann zu mir kommen. In dieser Stunde ist doch die Familie gefragt, das meinen Sie doch auch Herr Doktor?<<
>>Natürlich, ich lasse Ihnen noch Beruhigungstabletten hier, aber bitte nicht mehr als zwei in vier Stunden. Ach noch eins, mein Beileid. Ihr Mann hat sich nicht quälen müssen, das ist doch auch tröstlich.<<

*

Beim Beerdigungsinstitut Ewigkeit steht die Familie ratlos vor dem Geschäftsführer Hohenstein.
>>Meine liebe Familie Zuckmann, mein aufrichtiges Mitgefühl zum Hinscheiden Ihres Mannes, Vaters und Opas. Wir bieten Ihnen alles aus einer Hand, so daß Sie sich voll der Trauer und der Trauerbewältigung hingeben können. Wie ich in einem früheren Gespräch mit dem Verstorbenen weiß, wünschte er sich eine

Urnenbestattung. Ich schlage Ihnen folgenden Werdegang vor. Ein Abschied im engsten Familienkreis. Dann übernehmen wir die Einäscherung. Die öffentliche Andacht mit Urnenbeisetzung dann etwas später. Den Termin geben Sie uns bitte vor. Haben Sie noch Wünsche?<<

Die Familie blickt sich fragend an. Witwe Zuckmann schüttelt unter Tränen den Kopf.

>>Gut dann rufe ich Sie an, wenn wir Ihren Mann Aufgebahrt haben.<<

*

In der kleinen privaten Beerdigungskapelle steht die Familie Zuckmann vor dem offenen Sarg. Der Bestatter hält sich diskret im Hintergrund. Frau Zuckmann tritt dicht an ihren Mann.

>>Herbert, so jung sahst Du schon lange nicht mehr aus. Was für ein Jammer.<<

Die kleine Jennifer steht neugierig bei ihrem Vater, als das Drama in den finalen Akt geht.

Ein gurgelndes Geräusch kommt vom Toten. Erschreckt weichen alle zurück.

>>Herbert, jetzt reicht es aber, reiß Dich

zusammen.<<

Witwe Zuckmann gibt sich energisch.

>>Was war das Papa?<<

Verunsichert blickt Herr Weberstein erst auf seinen Schwiegervater, dann auf seine Tochter.

>>Ich glaube die Seele verläßt den Körper von Opa. Das verstehst Du noch nicht, Jenny.<<

In diesem Augenblick klappt langsam der Unterkiefer von Herrn Zuckmann nach unten und eine Maus schaut neugierig aus seinem Mund. Der Schrei von Witwe Zuckmann und ihrer Tochter erschreckt nicht nur den Bestatter, sondern auch die Maus. Die sich jetzt flink über den Leichnam nach unten bewegt. Frau Zuckmann schlägt nach hinten auf den Boden auf. Tochter Karin schreit noch immer und will nach Hause.

>>Ich halte das hier nicht aus. Hans Joachim, ich habe Angst, ich will nach Hause.<<

Herr Hohenstein versichert: >>So etwas ist mir in unserem Hause Ewigkeit noch nie passiert, das müssen Sie mir glauben.<<

Schwiegersohn und Bestatter versuchen dann, die übergewichtige Witwe wieder auf die Beine zu stellen. Zerren mehr als, wie sie heben, an den 130 Kilos. Mit vereinten Kräften steht Oma wieder, als der nächste Schrei ertönt. Diesmal schreit Tochter Karin in den schrillsten Tönen, zeigt auf einen blutigen Fleck auf dem Boden und rennt aus dem Raum. Alle drehe sich um und starren auf den Fleck. Oma Zuckmann tut das, wie sie heißt, zuckt unkontrolliert und sinkt in sich zusammen. Die beiden Männer können sie gerade noch auffangen und auf einen Stuhl bugsieren. Kind Jenny schaut sich den Fleck genau an und fragt dann: >>Ist jetzt Opas Seele richtig tot oder nur die Maus.<<

Vom Bestatter Hohenstein kommt nur: >>Oh mein Gott.<<

***

Nur ein Blick

Der Tag begann bescheiden, Wadenkrampf beim Aufstehen, Kaffeefleck auf dem Hemd. Kleidung wechseln. Wenn jetzt der Wagen nicht anspringt, paßt das zum Tag. Er springt an. Dafür piept das Handy und zeigt so an, daß die Batterie am Ende ist. Die Fahrt geht durch die Vorstadt in die City. Vor einem Zebrastreifen sehe ich eine ältere, gehbehinderte Dame mit einer jungen Frau auf den Straßenrand zukommen.

>>Komm halte an. Wenn Du schon einen schlechten Tag hast, gib ihn nicht weiter. Wer weiß, was in Deiner Zukunft auf Dich wartet.<<

Ich gehe in die Bremsen, die Räder quietschen und Staub wirbelt auf. Gebe den beiden durch Winken ein Zeichen, ihr Recht aufs Überqueren der Fahrbahn wahrzunehmen. Der Verkehr hinter mir steigt verärgert in die Bremsen. Gedanklich hören ich die Schimpftiraden auf mich einprasseln.

>>Du Penner, fahr hin. So ein Arsch, das hatte

der doch allemal geschafft, und so weiter und so weiter.<<

Als die beiden langsam bis auf meine Wagenhöhe gekommen sind, nickt mir die alte Frau zu. Die Jüngere blickt mich nur kurz an und lächelt. Ich weiß nicht was mich so berührte, ihr Blick oder ihr Lächeln. Es war wohl ihr Blick, der meine Seele streifte. Eine Zeiteinheit von einer Minisekunde bis zur Unendlichkeit. Das wütende Hupkonzert hinter mir riß mich wieder in die Gegenwart zurück. Ich muß wohl minutenlang geträumt haben. Die Fahrt ging weiter. Die beiden waren nicht mehr zu sehen.

Das Licht ist heller. Die Luft weich und sanft. Die Menschen freundlicher. Alles regelte sich ins positive, ohne daß ich etwas dafür leistete. In dieser einen Sekunde veränderte sich mein Tag zum Guten hin.

Es war doch nur ein Blick.

***

Scherenschleifer

Einer der ältesten Berufe ist die Kunst des Scheren - und Messerschleifens. Genau gesagt das Wetzen und Schleifen. Hervorgegangen so vermutet man, ist der Beruf seit es Hieb - und Stichwaffen gibt. Was zuerst die Waffenschmiede als Handwerk beherrschte, ging dann um 1500 in den Beruf des Scherenschleifers über. Bei der Tätigkeit der Scherenschleifer handelt es sich um einen sehr alten Wanderberuf, der auch heute noch ausgeführt wird. Allerdings ist er schon seit jeher mit einem Negativimage belastet. Das Wort „Scherenschleifer" beschreibt umgangssprachlich einen Taugenichts. Der Scherenschleifer zog mit seinem Schleifbock übers Land, wo er für viele Menschen Scheren, Messer und Dolche neu anschärfte. Sein Erkennungsbild war sein Filzhut und eine dicke Glasbrille, zudem blies er in vielen Ländern als Ankündigung auf eine schrille Flöte.

Privathaushalte, Schlachter, bis hin zu Chirurgen nutzten seine Fertigkeit.

Der Umstand des Wanderns gab ihm den Verdacht eines Gauners und Tagediebs. So wie seine Flöte ertönte, sperrten viele Mütter ihre Kinder ein, da es hieß, die Scherenschleifer verschleppen Kinder. Ihr Ansehen war gleich die der umherziehenden Zigeuner.

*

Kommen wir zu unserem Scherenschleifer. Petro 25 Jahre alt, lange Zeit arbeitslos, entdeckte bei seinem Großvater auf der Finca ein Gestell mit einem großen runden Stein.

>> Abuelo (Großvater), kommst Du bitte mit zum Stall, da steht ein Gerät, das ich nicht einordnen kann. Was ist das und für was kann man es benutzen?<<

Der Alte erhebt sich und schlurft hinter seinem Enkel her.

>>Ach das, das hat vor langer Zeit einmal jemand hier stehen lassen. Wir haben haben es dann zum Schärfen der Werkzeuge und Messer benutzt. Das ist ein Schleifstein mein Junge.<<

>>Wie benutzt man den, Abuelo?<<

>>Hol uns ein Messer und ein Glas Wasser aus der Küche.<<

Als Petro zurück kam hat sein Großvater das Gerät gesäubert und in Stellung gebracht.

>>So meine Junge Du drehst den Stein und ich zeige Dir wie man Messer und Werkzeuge schärft.<<

Nach einigen Tagen beherrschte Petro die Kunst des Schleifens besser als seine Großvter es je konnte. Baute sich mit seinem Großvater den Schleifstein in seinen alten Lieferwagen ein und fährt jetzt die Straßen der Orte ab. Genau wie in alten Zeiten ertönt die Flöte und lockt die Leute neugierig an die Fenster und Türen. Petro, ein gut aussehender und höflicher Spanier, macht jetzt so seine Geschäfte. Von Jahr zu Jahr steigert er seinen Umsatz.

Es hält sich hartnäckig das Gerücht, er macht nicht nur die Scheren und Messer scharf, sondern auch die Hausfrauen.

***

Scheidung

Ehepaar Sudmöller steht vor dem
Scheidungsrichter. Nach den Angaben zur
Person, befragt er die beiden Parteien nach ihren
Gründen. Ohne gefragt zu sein, legt Frau
Sudmöller los.
>>Einen Moment, ich gebe hier die Reihenfolge
vor, Frau Sudmöller, Sie setzen sich erst mal.
Herr Sudmöller bitte schildern Sie mir ihren
Grund. Warum wollen Sie sich scheiden
lassen.<<
Sudmöller tritt vor und will vor den Richter
treten.
>>Sie können auf Ihrem Platz bleiben, ich
verstehe Sie auch so gut.<<
>>Herr Richter, ich will mich von meiner Frau
trennen, weil sie mir den Beischlaf verweigert.<<
Erstaunt hebt der Richter eine Augenbraue.
>>Geben Sie mir ein Beispiel, Herr
Sudmöller.<<
>> Wenn wir uns nicht streiten und ich sie frage,
darf ich mich mal auf Dich legen? Dann kommt

von ihr immer. Nein, ich hab es schon schwer genug.<<

>>Das stimmt so nicht Herr Richter. Er ist derjenige, der alles niedermacht. Wenn ich sage, ich geh mich frisch machen, dann kommt von ihm: Ha, ha wie willst Du das denn machen? Außerdem spricht er nicht mehr mit mir, Herr Richter.<<

>>Warum auch, sie hat ja eh nichts zu sagen.<< Ruft Sudmöller dazwischen.

>>Herr Sudmöller, lieben Sie ihre Frau noch?<<

>>Liebe, oh da sprechen sie Herr Richter aber einen heiklen Punkt an. Meine Frau liebt nur ihre Flasche Gin und sonst nichts.<<

Der Richter blickt Frau Sudmöller an.

>>Stimmt das? Sind Sie Alkoholikerin?<<

>>Nein natürlich nicht, nur ohne ist der Kerl nicht zu ertragen.<<

Skeptisch schaut der Richter Frau Sudmüller an.

>>Herr Richter, wer hat mich denn in den Streichelzoo gestellt. Damit mich mal einer anfaßt.<<

>>Wie, das verstehe ich nicht, vor das Gatter?<<

>>Gott bewahre, ich mußte zwischen die Ziegen und Esel.<<

>>Da ist sie leider nicht aufgefallen, war ein Fehler von mir.<<

Neugierig geworden fragt der Richter nach.

>>Und hat das geklappt?<<

>>Nein, die haben nur die Tiere gestreichelt.<<

>>Aber er hat das doch nur gut gemeint.<<

>>Das glauben auch nur Sie, ich hab bis in die Nacht da gestanden. Angeblich hatte er keine Zeit mich abzuholen.<<

Der Richter wendet sich wieder an Herrn Sudmöller.

>>Haben Sie denn keine guten Erinnerungen an ihre Ehe? Wann war den die beste Zeit mit ihrer Frau?<< Er überlegt lange.

>>Meine beste Zeit, Herr Richter, mit ihr war in ihr.<<

Der Richter kann sich gerade noch das Lachen verbeißen. Sie meldet sich zu Wort.

>>Das hat er aber verschwiegen, er kam nur, wenn ich eine rote Lampe auf dem Kopf hatte. Das können Sie mir glauben Herr Richter, schön war das nicht, ich meine das mit dem roten Licht. Ich kam mir vor wie auf Sankt Pauli.<<

>>Das ist doch erst in den letzten Jahren so

gewesen. Ich wollte doch nur etwas Farbe in unser Sexualleben bringen.

Noch eins Herr Richter, kennen Sie den: Drei Männer vor einem schielenden Richter. Der Richter zum Ersten: "Wie heißen Sie?" Der Zweite: "Erwin Schabulke." Der Richter zum Zweiten: "Sie habe ich noch gar nicht gefragt!" Der Dritte: "Ich habe doch gar nichts gesagt."<< Der Richter schaut Sudmöller fassungslos an. Von der Besuchertribüne kommt ein dröhnendes Lachen.

>>Ruhe, Ruhe hier im Saal. Noch so ein Tumult und ich lasse den Saal räumen. Für Sie Herr Sudmöller hundert Euro an die Staatskasse wegen Mißachtung des Gerichts.<<

>>Das ist aber gar nicht witzig, Herr Richter.<< Der wendet sich der Frau zu.

>>Und bei Ihnen Frau Sudmöller?<<

>>Ach, wenn ich ehrlich sein soll, Herr Richter, immer wenn er auf Arbeit war.<<

Der Richter erhebt, sich setzt sich seine Richtermütze auf und sagt: >>Hiermit spreche ich die Scheidung aus. Die Papiere werden Ihnen zugestellt. Haben Sie noch etwas zu sagen?<<

Von Herrn Sudmöller kommt:
>>Nur raus hier.<<

**

Mohnkuchen

Stellen Sie sich vor, Sie hätten jahrelang kein deutsches Gebäck genossen. Für Sie in Deutschland wahrscheinlich nicht vorstellbar. Kein Roggenbrot, kein Kuchen, von Schwarzwälder Kirschtorte ganz zu schweigen. Mehr kenne ich nicht aus meiner Erinnerung, weil ich sie seit Jahren erfolgreich verdrängt habe und das aus reinem Selbstschutz. Schon der Gedanke daran läßt einem das Maul schäumen.

Ein Bekannter berichtete, in Benidorm hätte ein deutscher Bäcker eröffnet. Beschrieb uns den Weg und wir brausten los. Vor der Auslage bekam ich große Augen, mein Magen zog sich vor Gier zusammen.
Mohnkuchen, frischer Mohnkuchen.
An meine Frau gewandt, sagte ich: >> Ich muß hier raus. Schon der Geruch auf frisches Brot und Kuchen raubt mir den klaren Verstand. Kauf Du ein, für mich den Mohnkuchen.<<
Draußen vor dem Laden zog ich tief die frische Luft ein, verscheuchte damit meine Gier auf

Frischgebackenes. Konnte es aber kaum erwarten bis meine Frau aus dem Laden kam.

>>Brich mir bitte ein Stück vom Kuchen ab.<< Sagte ich im Wagen.

>>Nichts da, Du wartest, bis wir zu Hause sind und Kaffee trinken.<<

Im Haus angekommen einigten wir uns, erst eine frische Scheibe Brot und dann den Kuchen zu essen. Was dann passierte, war auch für mich seltsam. Der Mohnkuchen schmeckte wie das Heidebrot. Ich wiederholte den Geschmackstest. Es blieb dabei, der Mohnkuchen schmeckte wie das Brot. Ist hier dem Bäcker ein Malheur passiert oder habe ich in den Jahren durch den Genuß der mediterranen Küche meine Geschmacksnerven beschädigt?

Gut, ich kam jetzt nicht weiter. Also am nächsten Tag wieder hin. Um 9 Uhr stand ich vor der Tür. Leider geschlossen, ich hatte vergessen, daß auch er sich an die spanischen Gepflogenheiten hielt. Öffnungszeiten ab 10 Uhr. So suchte ich mir einen Sitzplatz, von dem ich den Eingang der Bäckerei im Auge hatte. Ein Lieferwagen fuhr vor den Laden. Fünf Säcke

wurden im Eingangsbereich abgestellt, der Fahrer stieg ein und fuhr zum nächsten Kunden. Jetzt kam Bewegung in die Sache, der Bäcker kommt, schließt seinen Laden auf und versucht, die Säcke in die Bäckerei zu ziehen. Beim Eintreten in den Verkaufsraum schaue ich mir die Aufschrift der Säcke an. In Spanisch steht dort : „ Bäckerei-Rohmaterial, Universale,,.
Mir geht allmählich ein Licht auf. Aber so richtig kann ich es doch nicht glauben. Mohnkuchen hat doch einen hohen Eigengeschmack. Ich steuere auf den Bäcker zu, stell ihn zur Rede: >>Wie ist es möglich, daß bei ihnen alles gleich schmeckt. Kuchen wie Brot, Brot wie Kuchen?<<
Erschreckt blickt er mich an.
>>Keine Zeit muß in die Backstube. Fragen Sie die Verkäuferin.<<
Weg war er. Na gut, wende mich jetzt an die ankommende Verkäuferin: >>Ein Brötchen und ein Stück Mohnkuchen.<<
Erwartungsvoll will ich gleich hier vor Ort den Geschmackstest vornehmen. Genußvoll beiße ich in das Brötchen. Knusprig und geschmackvoll. Jetzt ein Biß in das Mohnstück. Behalte den Kuchen lange im Mund. Habe ich das Brötchen

nicht runtergeschluckt? Verdammt das gibt es doch nicht, wieder nur der gleiche Geschmack.

>>Bitte probieren Sie mal? <<

Halte der Verkäuferin die Teile hin. Die winkt ab. Scheint das Problem zu kennen.

>>Tut mir leid, ich habe gestern Knoblauch gegessen, da kann ich Ihnen nicht helfen.<<

Ich bezahle die Stücke und frage Sie: >>Wie haben Sie den angeblichen Mohn so schwarz bekommen? Und der Sandkuchen stammt der vom Strand hier?<<

Traurig schaut mich die Verkäuferin an und zuckt mit dem Achseln. Dies war dann auch mein letzter Besuch in der Bäckerei. Seitdem träume ich hin und wieder vom frischen deutschen Brot und köstlichem Kuchen.

***

D- Essen

D-Essen, gleich deutsches Essen, ist eine
Leidenschaft die sich im Alter verstärkt und
Leiden schafft, wenn man es nicht hat. Ich
spreche da sicher für viele Deutsche, die im
Ausland leben.

Wenn Sie jahrelang keine Brötchen oder
Bratwurst gegessen haben, dann kann dieser
Wunsch zur Sucht werden. Aus meiner Zeit in
Westberlin war ich verwöhnt von bester Wurst.
Angefangen von der Thüringerbratwurst, der
Geräucherten, der Rossbratwurst, bis hin zur
polnischen Krakauer. Auch die Currywurst will
ich nicht vergessen. Die Erkenntnis, dass
Deutschland nicht nur ein Land der vielen
Biersorten ist, sondern auch ein Brot- und
Wurstland ist, die Erkenntnis bekommen Sie
nach Jahren nur im Ausland mit. Da bekommen
Sie nur beim Wort Bratwurst schon das
Schlucken und das Wasser läuft einem im Mund
zusammen. Bei uns gab es zu der Zeit gerade mal
in Alicante einen Supermarkt, der aber noch

keine deutschen Lebensmittel anbot. An der Küste gab es nur kleine Lebensmittelläden, die aber nur spanische Produkte verkauften. Ich spreche von den Jahren 1983 bis 1990. Da hatte jeder Besuch aus Deutschland die heilige Pflicht, deutsche Produkte mitzubringen. Dann wurden mit großen Augen und knurrendem Magen, Salami, Brot und Süßigkeiten ausgepackt und natürlich gleich verspeist, solange, bis der Magen Überfüllung signalisierte.

Ein anderes Beispiel: Sie sehen im TV bei den Sportberichten wie die Zuschauer in den Pausen ihre Bratwurst essen und denken; so ein Schiet, warum bin ich nicht dort. Bei jedem Biß, den der Fan in seine Bratwurst macht, bewegt sich Ihr Kiefer mit. Glauben Sie mir, es gibt schönere Erlebnisse. Das Sportereignis tritt da folglich in den Hintergrund. Als wir das erste Mal wieder in Deutschland waren, wurde die Strecke nicht in Kilometern berechnet, sondern in Bratwurstbuden.

Der große Schock kam aber in der Bäckerei. Wir erreichten unsere Wohnung in Norddeutschland so gegen 17 Uhr. Annemarie packte die Koffer

aus und ich fuhr zum Bäcker, um Brot und
Kuchen einzukaufen. So stand ich da,
überwältigt von dem Angebot. Wie ein Mann,
der vom Mond kommt.
>>Was darf ich Ihnen einpacken?<<
Mein Blick ging die Brottheke auf und ab.
>>Ein Brot bitte und vier Brötchen.<<
Die Verkäuferin schaute mich erstaunt an.
>>Welches Brot, bitte. Wir haben Landbrot,
Heidebrot, Schwarzbrot, Graubrot, Kümmelbrot,
Zwiebelbrot, Roggen- sowie Weizenbrot. Weiter
Kastenbrot und heute auch Milchbrot.
Französisches Stangenbrot, mit Zwiebel und
ohne. Zum Wochenende bieten wir unseren
Kunden auch westafrikanisches Fladenbrot an.<<

Ich bestand in meiner Ratlosigkeit einfach auf
Brot. Sie gab mir dann das Landbrot. Sie hielt
mich sicher auch für ein Landei. Das paßte ja.
Aber der Kulturschock ging weiter.
>>Welche Brötchen bitte?<<
Ich schaute verdutzt in die Auslagen. Es begann
das gleiche Spiel.
>>Also wir haben heute da: Dunkle Brötchen,
Zwiebelbrötchen, normale Brötchen, die sind

aber von heute morgen. Körnerbrötchen, Milchbrötchen und unsere Feierabendbrötchen, die sind noch warm.<<

Sie zeigte jedesmal auf die Ware.

Mein Entschluß stand fest. >>Die Feierabendbrötchen, davon vier Stück bitte.<<

An ihrem Gesicht sah ich; Na geht doch.

Der Einkauf zeigte mir, daß ich vom Mond in der Zivilisation angekommen war. Ach übrigens, den Kuchen hatte ich vergessen.

Als ich den Verkaufsraum verließ, hörte ich noch, wie die Verkäuferin zur nächsten Kundin sagte: >>Männer, ich sage nur Männer, wenn man die einmal losschickt.<<

Das Gute an der Sache war, daß ich mich schnell an das Überangebot gewöhnt habe. Bis es wieder nach Spanien ging. Da quälte mich niemand mit solchen Fragen.

***

Maria Magdalena 2016

Eigentlich heißt Maria Magdalena, Jutta Kleinschmidt. Wie es zu der Namenänderung kam, erzählt diese Geschichte.

*

Jutta Kleinschmidt, 28 Jahre alt, 159 cm groß. Schlank mit blonden Haaren. Wenig Busen, dafür dickem Arsch. Als Kind schon ,, *unsere kleine Prinzessin,,*. Somit beste Voraussetzung ein Star zu werden, meint sie.

Nach einer abgebrochenen Lehre als Einzelhandelskauffrau wendete sie sich dem Showbusineß zu. Originalkommentar: >> Für die Kasse im Supermarkt bin ich mir zu schade.<<

 Ihr Manager verspricht ihr beste Aussichten als Sängerin und Schauspielerin. Nur seine Vermittlungsversuche halten sich in Grenzen und tendieren nach null. So ist noch genug Platz nach oben. Positiv gesehen. Das wiederrum läßt sie Engagement annehmen, das mehr im Liegen bestand, als im Stehen. Man muß ja schließlich leben. Außerdem kümmerte sich ihr Manager gern auch mal nachts um sie.

Damit begann ihr Aufstieg.

*

>> Klaus, ich bin schwanger.<<

>>Das war ich aber nicht. Scheiße, gerade jetzt habe ich einen Job für Dich.<<

Neugierig blickt Jutta ihren Manager an.

>>Doch Klaus, es ist von Dir. Was für einen Job?<<

Verärgert antwortet der:>> Du willst mir doch nicht ernsthaft erzählen, daß Du bei Deiner „künstlerischen" Tätigkeit immer verhütest hast. Also die halbe Stadt ist doch bei Dir rübergerutscht. Jetzt komm mir bloß nicht so.<<

Jutta zieht sich beleidigt zum Fenster zurück.

>>Was ist das für ein Engagement?<<

>>Du sollst die Maria Magdalena in einem modernen Bühnenstück spielen. Da spielst Du die Geliebte von Jesus.<<

>>Kann ich da auch singen? Wer ist mein Partner? Wie hoch ist meine Gage?<<

>>Hallo, hallo ich stehe mit dem Regisseur in Verhandlung. Da gibt es noch einige Hürden zu nehmen. Ich sage nur die Besetzungscouch, Du weißt, was ich meine?<<

>>Mann, Klaus nicht schon wieder. Ich bin doch kein Wanderpokal.<<

>>Erstaunt blickt der Jutta an.

>> Gut dann gebe ich die Rolle an Janette, und Du kannst Dich schon mal vorbreiten an der Kasse Platz zu nehmen. Mädchen, bedenke, das kann Dein Durchbruch sein. Presse, Fernsehen alle sind bei der Premiere da. Aber gut, wie Du willst.<<

>>Ja, ich mach es, ruf den Typ an.<<

*

In einem Bistro setzt sich der Manager zum Regisseur an die Bar.

>>Na mein Lieber, habe ich Dir zuviel versprochen, wie war sie?<<

Der winkt nur ab.

>>Wenn Du von der Jutta sprichst, nicht besonders. Da liegen bessere Kandidatinnen im Rennen.<<

>>Mann, das ist doch nur eine Nebenrolle, gib ihr doch die Chance. Ich sprech noch mal mit ihr und laß Dich überraschen.<<

>>Überrascht bin ich schon, nämlich von ihrer Talentlosigkeit, weder im Bett noch auf der Bühne. Da müßtet ihr beiden schon mit einer Riesennummer kommen, um den Job zu bekommen.<<

Nachdenklich schaut der Manager den Regisseur an. Nach Minuten zieht ein Grinsen über sein Gesicht und er sagt: >>Was hältst Du von der Pressemitteilung: *,, Die Jungfrau Maria Magdalena ist schwanger,,* oder so.<<

>>Wie, das kapier ich nicht; Jungfrau und schwanger?<<

>>Das ist ja der Hammer, ich sehe schon die Schlagzeilen vor mir: *,,Wiederholt sich die heilige Geschichte hier im Theater. Ist die nachweisliche Jungfrau Maria Magdalena, Jutta Kleinschmidt, von Jesus schwanger?,,* Na was sagste jetzt, die rennen Dir das Theater ein.<<

>> Blödsinn, welche Drogen nimmst Du denn? Das glaubt doch kein Mensch.<<

>>Paß auf, Du nimmst die Kleinschmidt als Maria Magdalena und ich sorge für den

Medienrummel. Brauchst sie ja nicht sprechen lassen, sie steht nur auf der Bühne rum, oder erscheint ab und zu. Aber das überlasse ich ganz dir. Du bist der künstlerische Leiter.<<

>>Nochmals, wie soll das ablaufen?<<

Genüßlich lehnt sich der Klaus an den Barpfeiler.

>>Komm, wir setzen uns dort in die Ecke, da erkläre ich Dir das in Ruhe.<<

Nach einem weiteren Getränk am Tisch, legt der Manager los.

>>Das Gespräch bleibt unter uns, sonst teile ich später der Presse mit, daß die Idee von Dir ist, Ok?<<

Sein Gegenüber nickt verhalten.

*

>>Hör bitte nur zu und unterbreche mich nicht. Die Kleinschmidt ist schwanger, zweiter Monat glaube ich. So jetzt kommt der Hammer. Ich besorge zwei Fotos mit Tagesstempel, eins vom Ultraschall und eins von dem Jungfernhäutchen. Das lege ich einem Journalisten vor, bei dem ich noch was gut habe. Glaub mir, das klappt. Zeitgleich suche ich noch einen Priester der das

bestätigt.<<

Unsicher geworden fragt der Regisseur: >>Und Du meinst das klappt auch mit dem Priester?<<

>>Erstens, das mit dem Jungfernhäutchen machen wir so. Für das Foto nehmen wir die kleine Schwester von der Kleinschmidt, ich habe leider keine in meiner Agentur, die noch Jungfrau ist. Dann lassen wir der Jutta bei einem islamischen Arzt ein Jungfernhäutchen einsetzen, das ist bei denen chirurgischer Alltag. Dann ab zum Priester.<<

>>Und wenn ihr keinen findet, der das beurkundet, die Zeit drängt.<<

>>Ha, ha, Du glaubst nicht, wie viele alte geile Priester nur darauf warten, bei einer jungen Frau zwischen den Beinen rumzufummeln, und wenn wir bis in ein kleines italienisches Dorf fahren müssen. Du kümmerst Dich um Deinen Job, ich mache den Rest.<<

*

Hier einige Schlagzeilen der Presse:

,, Ist Jesus wieder aktiv? Maria Magdalena schwanger".

„Wunder um Maria Magdalena von katholischem Priester bestätigt. Der Vatikan gibt kein Statement ab".
„Ein Wunder in unserem Theater"?
„Wunder oder Betrug? Wie wurde Maria Magdalena schwanger? Gott schweigt".
„ Was läuft da im Theater? Hat Jesus, Maria Magdalena geschwängert? Priester bestätigt ihre Jungfräulichkeit".

*

Bei der Premiere kam es dann zu Tumulten, als die Besucher wegen Ausverkauf der Tickets abgewiesen werden mußten. Die Presse war zahlreich erschienen, zerriß aber die Handlung. Auch kam es zu üblen Zwischenrufen wie:
>>*Wir wollen die Unschuld sehen, ausziehen, ausziehen.*<<
>>*Jesus, Jesus, wie hast Du das wieder gemacht?*<<

*

Nach nur drei Monaten wurde das Stück abgesetzt.

Nach der Geburt einer kleinen Marie Magdalena tritt Jutta Kleinschmidt jetzt erfolgreich als „Maria Magdalena 2016" auf Erotikmessen und in Sexshops auf. Auch hier ist noch Platz nach oben.

***

Der letzte Wunsch

Auf dem Markplatz steht ein Aufnahmeteam und befragt die Passanten. Ein Moderator spricht die Passanten an und fragt sie ob bereit wären für eine kurze Frage.

Die Frage ist immer dieselbe: „Was ist Ihr letzter Wunsch?". Die Mehrheit der Befragten gibt sich überrascht bis verwirrt.

Ein Herr von 78 Jahren antwortet: >>Abitur, ich möchte noch mein Abitur nachholen.<<

Ein Verkäufer aus dem Nachbargeschäft: >>Lotto, ich möchte noch einmal richtig dick im Lotto gewinnen.<<

Ein 60 jähriger beklagt sich: >>Ich leide seit Jahren unter Verstopfung. Einmal richtig flott Scheißen, das wär mein Wunsch.<<

Eine Frau, die nicht benannt werden wollte, sagte: >> Ich hoffe, daß mich mein Mann auf dem Sterbebett noch überholt.<<

Ein junger Mann meinte: >>Was jetzt schon? Bin ich wirklich schon dran?<<

Eine Hausfrau, die vom Einkaufen kommt: >> Ein Wunsch? Ja, daß meine Nachbarin die Pest kriegt.<<

Eine Frau fragte zurück: >>Wollen Sie mir eine Versicherung verkaufen oder wer schickt Sie?

Ein Mann um die Vierzig: >>Also ich möchte der Nachwelt erhalten bleiben, denke da an Ausstopfen oder so. Einfrieren soll ja auch schon gehen. Mal sehen, das muß ich doch nicht jetzt entscheiden oder?<<

Eine junge Dame: >>Ich habe einen Wunsch frei? Jetzt sofort?<<
Das Team schüttelt den Kopf und grinst.
>>Nein, stellen Sie sich vor Sie sterben und haben noch einen Wunsch. Wie lautet der?<<
Die Blonde zögert, antwortet aber dann: >>Daß ich nicht sterbe. Ist doch richtig so oder nicht? Was habe ich jetzt gewonnen?<<

Ein Paar befragt antwortete: >>Wir wollen nur noch unser Scheißhaus fertig kriegen, mehr nicht.<<

Der Moderator fragt überrascht: >>Sie bauen ernsthaft ein Scheißhaus?<<

Die Frau zieht ihren Mann zur Seite: >>Die sind doch fertig, die vom Fernsehen. Erst wollen die wissen wie lange wir noch leben und dann sollen wir noch ein Scheißhaus bauen. Unglaublich das Ganze.<<

Ein leichter Nieselregen setzt ein. >>Kinder, zusammenpacken. Die Olle hat recht, wir sind hier fertig.<<

***

Der blaue Salon

Ein Bekannter hat sich an der Küste ein Haus auf Langzeit gemietet. Besser gesagt eine Villa. Mit mehreren Schlafzimmern und einem fantastischen Blick aufs Meer. Pool und Tropengarten, sowie nur einige Meter zum Strand runden die Sache ab. Was ihn aber letztendlich überzeugt hat, schnell den Mietvertrag zu unterzeichnen, war der „**Blaue Salon**" und die „Schwiegermuttersuite,,.
Über die Schwiegermuttersuite ist nicht viel zu sagen. Die Suite liegt separat im Unterhaus mit Blick aufs Meer und besitzt eine Außentoilette.
Der „**Blaue Salon**" besticht durch Größe und Luxus.

Wir sitzen bei einer Flasche Rotwein und blicken aufs Meer.
>>Weißt Du eigentlich das sich um den „**Blauen Salon**" viele Geschichten und Mythen ranken.<<
>>Nein, nie gehört. Aber erzählt bitte.<<

*

Das Schillernde, Widersprüchliche und auch Fragwürdige haftete bereits den historischen Berliner „**Blauen Salons,,** um 1800 an. Hier trafen sich Frauen abseits ihrer Männer zu geistigen Gesprächen und anderen Tätigkeiten. Es soll dort auch zu lesbischen Kontakten gekommen sein.

*

In vielen Herrschaftshäusern, Königspalästen und Privatclubs gab es den „**Blaue Salon**". Hier zog man sich zurück, um wichtige Themen der Politik und Wirtschaft zu besprechen. Daß dabei auch die eine und andere gute Zigarre und Pfeife geraucht wurde, liegt auf der Hand. Durch den blauen Nebel des Tabakrauchs erhielt dann der Salon seinen Namen.

*

Der „**Blaue Salon**" ist auch ein Internet-Forum, in dem sich Autoren und andere Künstler treffen, um im gegenseitigen Austausch an ihren Werken zu arbeiten und sich Anregungen zu geben. Die

Auseinandersetzung mit den eigenen Werken und Gemeinschaftsprojekte bilden den Schwerpunkt des Forums, das reine Präsentieren von fertigen Einzelwerken steht eher im Hintergrund.

*

Sogar Sportfreunde brauchen auf den „**Blauen Salon**" nicht zu verzichten.

Dort, wo sonst die Schalker Spieler zu Hause sind, können auch Sie Exklusivität und erstklassigen Service genießen. Fritz Unkel, der erste Vereinspräsident der Königsblauen, ist der Namensgeber dieses modernen VIP-Bereichs „**BLAUER SALON**" in der Nordkurve der VELTINS-Arena, in dem bis zu 300 Personen Platz finden.

*

Der „**Blaue Salon**" ist die Event-Location im Leipziger Zentrum, im historischen König-Albert-Haus, direkt am Marktplatz mit seinem

unvergleichlichen Ausblick auf den Leipziger
Markt und das Alte Rathaus.

*

Auch der diesjährige 15. europäische Trinker-
Kongreß findet wie immer im „**Blauen Salon**"
statt.

 Die Einladungen liegen so vor: Wir wissen, daß
Sie zu dem kleinen exklusiven Kreis derjenigen
gehören, die sich aus dem Heer namenloser
Trunkenbolde zu einem anerkannten
Europäischen Spitzentrinker empor gesoffen
haben! Dies wissen wir zu würdigen.

Wir laden Sie hiermit herzlich zum 15.
europäischen Trinker-Kongreß ein.

Das Motto dieser Veranstaltung lautet:
„Wenn Saufen nicht so schön wäre....".

*

Neben unzähligen Probierständen mit Alkohol-
Spezialitäten aus dem In- und Ausland wird
sicher auch die Trinker Zubehör Messe Ihre
Aufmerksamkeit finden. Außer Bierkübeln,

Schnapsgläsern und Cognacschwenkern gibt es dort viel nützliches was das Herz eines Alkoholkonsumenten höher schlagen läßt: Kopfschmerz Tabletten mit Ihren Initialen.

Fahnentöter mit Knoblauchgeschmack.

Führerscheine im 10er Block.

Wasserdichte Unterwäsche.

Die neusten Schwankometer.

Betten mit Gegenschaukelmechanismus.

*

Daneben findet im zweiten „**Blauen Salon**" eine interessante Vortragsreihe statt:

Herr Bernd Bierpichler, Chefredakteur der Zeitschrift „Voll" spricht zum Thema: „Erbrechen ist kein Verbrechen"

Dr. Matthias Blau , Autor von „Ohne Alkohol wär' ich heute noch Jungfrau" zum Thema: „Was tun, wenn im Büro der Schnaps ausgeht?"

Herr Bernd Rauscher, Therapiegruppe „Sicheres Autofahren im Vollrausch" zum Thema: „Kann denn Saufen Sünde sein?", und „Wenn man auch mit einem Auge schielt."

Gregor Breitenbach, Vorsitzender des Jugendschutzverbands zum Thema: „Ist Alkohol auch ohne mich attraktiv oder umgekehrt?" und „Kann man denn nicht trinken, ohne lustig zu sein?"

*

Anschließend Wettkampf in den Disziplinen:

Kampf-Trinken 10 Liter

Kampf-Trinken 25 Liter

Kampf-Trinken 100 Liter (Königsklasse)

Ehrung des diesjährigen "Oberbrenners". Dem Sieger werden wie jedes Jahr alle Bußgelder und Führerscheinentzugskosten für ein ganzes Jahr finanziert.

*

Zur Organisation:

Kommen Sie ruhig mit dem Auto, es sind genügend Parkplätze vorhanden. Unser Personal wird Sie am Ende der Veranstaltung gerne zu Ihrem Auto tragen auch wenn Ihr Angebot „Tragt mich raus, ich fahr euch alle nach Hause" durchaus ernst genommen wird.

Bevor Sie die Rückreise zu Ihrer Stammkneipe antreten, sollten Sie unbedingt am Promillestand eine Blasprobe abgeben.
Der Sieger erhält ein komplettes Autoeinbauset mit Polizeikontrollmelder, Kühlvorrichtung für 12 Flaschen, automatische Bieröffner und modernem Kotztütenspender.

Wir rechnen mit Ihrem breiten Erscheinen.

*

Der Tag war mühsam und schwer. Gestreßt verläßt Martin die Zeche und geht langsam nach Hause. Normal würde er jetzt noch mit seinen Kumpels in die Kneipe gehen. Sich den Staub und Frust von der Seele trinken. Nein heute will

er nur nach Hause, er fühlt sich nicht. Sein
Nachbar, der krankgeschrieben ist, wollte heute
sein Schlafzimmer neu streichen. Er hält das
nicht für nötig, aber Karin, seine Frau, zankt
schon seit Wochen wegen der jetzigen Farbe.
>>Ich kann das Blau nicht mehr ertragen.<<
Dabei waren sie einst so stolz auf ihren „**Blauen
Salon**" in dem sie sich so sehr liebten.
Er schließt die Haustüre auf und geht in die
Küche. Karin nicht da, die Wohnung wirkt
verlassen. Beim Brot schmieren hört er aus dem
Schlafzimmer spitze Schreie. Er geht neugierig
noch mit dem Messer in der Hand zur Tür und
öffnet sie. Seine Karin steht gebückt am Bett. Ihr
Rock ist hochgerafft und ihr Slip liegt zerfetzt
auf den Schuhen. Herbert, sein Nachbar bedient
sie so von hinten. Seine blaue Latzhose hängt
ihm auf den Knöcheln und er grunzt wie ein
Schwein.
Eine Orgie in Rot beginnt.

*

Als die Polizei eintrifft, sitzt der blutüberströmte
Martin verstört und apathisch am Bett. Von den

Wänden läuft das Blut auf den Boden. Herbert und Karin liegen zerstückelt im Raum. Sind aber noch im Tod vereint. Zu mindest stückweise. Der Beamte eilt nach draußen und übergibt sich.

>>Paul, was ist da drinnen los?<<

Erschreckt blickt er auf seinen Kollegen.

>>Ruf die Kripo, geh bloß nicht da rein, es ist der reinste Horror.<<

Später, nach dem dritten weißen Anstrich, sind die roten Flecken immer noch zu sehen. Als wenn sie immer wieder neu aus der Wand treten. Erst als die Wände wieder blau gestrichen wurden, überdeckt diese die Blutflecken. Wenn man heute seine Hand an die Wand hält, hört man noch die Schreie der Opfer.

*

Die alte Standuhr schlägt dröhnend zwölfmal durch den großen Raum. Im Salon verglimmt das Kaminfeuer. Nur der Schein der Glut gibt dem Zimmer noch Licht. Vereinzelt schießen kleine Flammen nach oben. Der Raum ist gemütlich warm.

Vorsichtig wird eine der vielen Türen geöffnet. Ein Junge von sechs Jahren geht langsam in

seinem Schlafanzug zum Kamin und setzt sich
ans Feuer. Verweilt hier in sich gekehrt. Minuten
später öffnet sich eine andere Tür und es tritt ein
5 jähriges Mädchen ins Zimmer. Sie sieht sich
erstaunt um und läuft dann barfuß, nur mit ihrem
Nachthemd bekleidet, an den Kamin. Der Junge
schaut nur kurz zu ihr hoch. Unsicher setzt sie
sich und rutscht dicht zu ihm hin. Die Beine
angewinkelt zieht sie ihr Nachthemd über die
Knie und spricht ihn in Französisch an.
>> Wie heißt Du?<<
Er schaut sie nur verständnislos an. Antwortet ihr
in Deutsch.
>>Wir fahren morgen wieder.<<
So geht das noch hin und her, bis sich beide
schweigend verstehen.

Schüchtern sucht ihre kleine Hand seinen Arm.
Erst als er dies geschehen läßt, rutscht die weiter
in seine Hand. So sitzen sie schweigend vor dem
Kamin. Aneinander gelehnt schlafen sie ein, bis
das erste Morgengrau sie wieder trennt.

Sie sahen sich nie wieder.
Die Erinnerung an die nächtlichen Stunden im
„Blauen Salon" sind bis ins hohe Alter
geblieben.

*

Mal sehen, was hier in dem „**Blauen Salon**" so passieren wird.

***

Mensch

Der Mensch ist ein Teil der Natur, so heißt es.
Wenn man sich aber in den Großstädten, die
Bevölkerung ansieht, kommen da Zweifel auf.
Ganz schwierig wird es bei der sogenannten
Busineß-Klasse. Da muß man schon genau
hinblicken, um noch Natur zu erkennen. Das
fängt bei den Haaren an. Kaum ein Haar hat noch
die Naturfarbe bei den Frauen. Bei den Männern
ändert sich das erst im Alter, da wird gern das
grauweiße Haar gefärbt. Einige der Herren sehen
dann aus als befinden sie sich in der
Dauermauser. Bei den jüngeren Helden ist es
„en vogue,, sein Haar gegellt und straff nach
hinten gekämmt zu tragen. Nur bei einem
Igelhaarschnitt vermutet man noch Natur.

 Gehen wir weiter zum Gesicht.
Hier kommen wir der Sache schon näher.
Blicken in traurige Elefantenaugen, verträumte
Rehaugen, in den stahlharten Falkenblick und in
geheimnisvolle Katzenaugen.

Habichtsnasen, Schweinsrüssel oder
Schnüffelstücke schließen sich an.
Böse Menschen bezeichnen andere auch als
Affenarschgesichter, Froschköpfe oder
Schweinsköpfe. Bei der Körperbehaarung wird
volkstümlich von Affenbehaarung gesprochen.
Vornehm ausgedrückt: „ Primatenscheitel".

Kommen wir zu meinen Lieblingskörperteilen:
dem Hals und Nacken. Stiernacken, Gänsehals
bis zu dem überlangen Giraffenhals sind hier zu
bewundern. Bei einigen Älteren hört man schon
mal:>>Ich bin so stolz auf meinen
Truthahnhals.<<

Über sexuale Körperteile-und Zonen möchte ich
nicht schreiben, das haben sie nicht verdient.

Weiter runter zum Po.
Hier bieten sich Begriffe wie Antilopenarsch,
Entenarsch, Mammuthintern und noch viele
weitunschönere Bezeichnungen an. Kleingärtner
erkennen auch bei einigen Mitbürgern den
Kartoffelarsch.

So geht es zu den Beinen.

Storchenbeine, Giraffenstelzen, bis hin zu Elefantenbeinen, lassen uns hier die Natur erkennen.

Bei den inneren Werten spricht man gern von Spatzenhirnen, Mäuseverstand und Strohdummheit.

So gibt es auch weitere Naturbezeichnungen für Menschen. Wir unterscheiden hier zwischen Frauen und Männern.

Beim weiblichen Geschlecht:

Die Schnepfe.
Die Zicke.
Die dumme Kuh.
Die falsche Schlange.
Die Kröte.
Das Schaf.

Beim männlichen Geschlecht:

Alter Bulle.
Olles Schwein.
Galgenvogel.
Hasenfuss.

Ehehirsch.
Lustmolch.

So bleiben wir doch in der Natur erhalten und spiegeln sie in vielfacher Weise wider. Schön ist, wenn wir beim Erkennen schmunzeln oder auch herzhaft lachen können.

***

Besuch

>>Kannst Du Dir vorstellen, daß wir unsere Freunde zu Deinem Geburtstag einladen.<< Ihre Worte liegen mir gerade wieder im Ohr. Wir befinden uns in der Ankunftshalle des Flughafens Alicante und stehen hier wie ein gynäkologisches Empfangskomitee. Juan-Pierre, Alexander und ich. Jeder von uns hält eine kalte ungeöffnete Flasche Champagner in der Hand und wir blödeln rum. Warten auf Mariellas Freundinnen, Sonja und Elisabeth.

Ich, gleich Augustus Cesar la Motta, verheiratet mit Mariella la Motta. Wir leben seit Jahren hier an der Küste als sogenannte „Privatiers". Meine engsten Freunde rufen mich „ Cesare". Dann noch meine Freunde: Juan-Pierre la Marchand, Purser bei einer bekannten Fluglinie. Freund seit meiner Schulzeit schwul, und Alexander Neumeier, Zahnarzt, lange Freundschaft seit Berlin. Single.

Und die Jugendfreundinnen von Mariella:

Sonja Berrens, Grundschullehrerin, geschieden.
Freundin von Mariella seit ihrer Kindheit.

Elisabeth Hallaschka, Redakteurin bei einem
Privatsender. Geschieden.

*

Meine Geburtstage im August sind schon immer
im großen Kreis von Freunden gefeiert worden.
Freunde, die um oder in der Nähe von uns leben.
Sogenannte „ alte Freunde" aus Jugend und
Schulzeit haben kaum den Weg bis nach Spanien
gefunden. Nicht, daß sie nie hier waren, aber
eben nicht zur Geburtstagfeier. Daher der
grandiose Gedanke von Mariella, daß jeder von
uns mindestens zwei seiner „alten Freunde"
einlädt und sonst niemanden. Ein intimer Kreis
eben. So konnten wir je zwei Freunde zu dem
Termin einladen.

*

Die erste Welle von Passagieren strömt auf uns
zu und verteilt sich in der Halle.
>>Wie sehen denn die Damen aus?<<

105

>>Normal, ich habe sie auch lange nicht gesehen.<<

Von Juan-Pierre kommt: >> Ach du Scheiße, keine Schönheiten. Das kann ja heiter werden, Du weißt Cesare, ich hasse Häßlichkeit, setzt die bloß nicht neben mich.<<

>>Warte ab, Schönheit liegt im Auge des Betrachters. Mußt ja nicht mit denen kuscheln.<<

>>Oh Gott, dugottdugott, bloß das nicht noch, es reicht doch wohl, wenn ich mit denen an einem Tisch sitze. Küssen tu ich die aber nicht, wenn die häßlich sind.<<

>>Juan-Pierre, ich bitte Dich, reiß Dich zusammen, kannst sie ja mit Handzeichen begrüßen. Vielleicht sind sie ja ganz nett, so unter Schwestern.<<

In diesem Augenblick sehe ich die beiden kommen, ihren Trolley hinter sich her ziehend, ihre Augen suchen Mariella. Ich winke ihnen zu. Als sie mich erkennen, zieht eine leichte Enttäuschung über ihre Gesichter. Der erste Champagnerkorken steigt in die Luft.

>> Herzlich Willkommen, Ihr beiden, Mariella wartet zu Hause auf Euch, sie läßt sich entschuldigen, aber die Vorbereitungen. Ich darf

Euch mal bekannt machen, meine Freunde: Juan-Pierre und Alexander. Die Damen: Elisabeth und Sonja. Wie wäre es zur Begrüßung mit einem Schluck Champagner?<<

Die beiden Frauen schauen mich unterschiedlich an. Sonja abweisend, Elisabeth freundlich.

>>Danke, ich nehme Medikamente.<<

Kommt von Sonja. Elisabeth nimmt Alexander die Flasche aus der Hand und setzt sie an die Lippen.

>>Na das geht ja gut los.<<

*

Nach dem Besuch eines Restaurants sitzen wir sechs bei uns auf der Terrasse. Schon während des Essens bauten sich Spannungen zwischen den Freunden auf. Meine gegen Marielleas. Vorweg Juan-Pierre, der die beiden Damen ständig unterschwellig attackierte. Alexander belächelte nur alle Gespräche.

Elisabeth versucht bei den Frauen, das große Wort zu führen.

>> Juan Pierre, daß Du schwul bist, sieht man schon, wenn Du noch im Flugzeug angeschwebt

kommst. Benimmst Dich in meinen Augen hier wie eine alte Tunte die General spielt, um es genau zu sagen wie „General Anal".<<
>>Ha, ha nett, das Kompliment und das von einer Alkoholikerin.<<
>>Halt, ich bin noch nicht fertig, einige Worte auch für Alexander. Du hast doch das letzte Mal neben einem Mädchen gelegen, als Du in der Endbindungsstation vom Krankenhaus warst. Stimmt doch?<<

>>Ja, ich gebe zu, das war mal so. Kannst ja Cesare fragen, was dann kam. Wir beide haben uns früher des öfteren mal ein Mädchen geteilt, das verbindet uns bis heute. Ist bei uns Männern gleichzusetzen wie ein Fronteinsatz im Krieg. Hab ich recht Cesare?<<
Ich nicke nur grinsend. Jetzt legt Alex los.

>>Ha, ha Juan Pierre und ich wollten wetten, daß Du Elisabeth, fleischfarbene Unterwäsche trägst. Die Wette kam aber nicht zustande, weil Juan Pierre Dir schweinchenfarbene Wäsche unterstellte. Jetzt bitte zeige uns, daß wir beide uns geirrt haben.<<
Elisabeth läuft rot an und zeigt den beiden den

Vogel.

>>Das hättest Ihr gern Ihr Spanner.<<

Sie spricht ihre Freundinnen an.

>>Mein Gott, was habt Ihr Euch bloß für Vögel eingeladen. Wenn die keine anderen Sorgen haben als sich über die Unterwäsche von Frauen zu unterhalten, dann zeigt das, wessen geistig Kind die sind.<<

>>Umgekehrt wird ein Schuh daraus, es zeigt nur, wie humorvoll-und lebensfroh wir Männer sind.<<

>>Nicht wie verhärmte Pädagoginnen oder Besserwisserinnen.<<

Kommt von mir. Ein böser Blick von Mariella straft mich ab. Was mich auf eine neutrale Position zurückziehen läßt.

Elisabeth verschärft jetzt die Diskussion.

>>Dein Erlebnishorizont ist doch gleich Null. Alter Zahnwichser.<<

>>Woher willst Du denn das wissen, als Kaffeetante im Sender. Dein Horizont liegt doch bei ner Kaffeetasse und Kuchenteilchen. Ha, ha dafür säufst Du dann danach genug.<<

>>Hallo, hallo, Ihr Lieben keine weiteren Beleidigungen mehr. Verhaltet euch wie

zivilisierte Menschen.<<

Mariella schaut bewußt verärgert auf unsere Gäste. Um die Spannung zwischen den Parteien zu glätten, bringe ich das Gespräch auf gemeinsame Jugenderlebnisse.

>>Mann Alex, weißt Du noch, wenn wir uns hinten an die Fenster geschlichen haben um die „Damen" von der Stripteaseschau zu sehen. Wie nannten wir das noch? <<

>>Vagina schauen, glaube ich.<<

>>Ha, ha ja richtig „Vagina schauen". Einmalig wir kamen uns damals vor wie Entdecker, die in eine unbekannte Welt wollten. Schlichen uns wie Indianer an die Gaststätte ran, wo freitags immer eine Erotikschau lief. Unsere Versuche da in den Saal zu kommen waren leider erfolglos. Einmal zu jung, dann keine Ausweise mit und Geld hatten wir ja auch keins. Das Rotlichtmilieu hatte damals eine unglaubliche Anziehungskraft. Ach ja, wir waren ja noch halbe Kinder und neugierig aufs Leben.<<

Alex meint noch dazu: >>Ja, das war unsere erste Phase der Erotikekstase.<<

>>Ihr Schweine wart doch nur neugierig auf das,

was die Mädchen unterm Rock hatten, so war das doch.<<

Wir Männer schauen uns nur kurz an.

>>Wir gehen in den Garten und erfreuen uns an unseren Jugenderinnerungen, Ihr könnt Euch ja über Eure Strick- und Häkelerfahrungen austauschen. Mir reicht es mit dem ewigen Gift verspritzen. Kommt Jungs wir gehen.<<

Nach mehreren Minuten kehrten wir wieder an den Tisch zurück.

>>Na habt Ihr Euch eine neue Strategie ausgedacht, um uns Frauen zu unterdrücken?<<

>>Also ich bitte Dich Elisabeth, warum bist Du nur so verbittert? Keiner von uns Jungs hat Dir was getan oder?<<

>>Jungs, Männer Ihr seid doch alle gleich, Sex, Geld und Macht, das habt Ihr im Sinn und nichts anderes. Schaut mal in die Welt, meine Herren. Jeden Tag berichten wir im Sender von Gewalt gegen Frauen und nicht nur aus arabischen Ländern <<

Von Juan kommt: >>Prost.<

>>Ich kann ja verstehen, daß Ihr nicht Opfer von Gewalt werden wollt, so etwas geht ja auch gar

nicht. Aber was mich nachdenklich macht ist, daß Ihr die Gewalt beherrschen wollt. Siehe die Scheidungsraten.<<

Juan mischt sich ein: >>Nur weil Ihr eine Fotze habt, glaubt Ihr, Ihr habt die Männer unter Kontrolle? Ist ja lächerlich.<<

>>Ach, das macht Dich nachdenklich Cesare? Nachdenklich sollte Dich vielmehr machen, daß ihr Männer seit Jahrtausenden die Macht über uns Frauen ausübt, natürlich immer zu unserem Besten. Aber wo wir gerade dabei sind, wie geht Ihr denn mit der Macht um. Fangen wir doch gleich einmal bei Dir an Augustus Cesare.<<

>>Ich denke, daß solltest Du nicht mich sondern Mariella fragen, ob sie unter irgend einer Form von Gewalt leidet.<<

Alexander steht auf und beugt sich über den Tisch zu den Frauen.

>>So, seid nicht beleidigt, aber mir geht euer Affentheater auf die Nerven. Mir reicht's. Ich steige aus. Der Tanz ums goldene Kalb ist hiermit für mich zu Ende. Geld regiert die Welt und wer Geld hat, der hat auch die Macht. Das ist was euch interessiert. Gut und schön. Bei mir nicht mehr. Ich verkaufe oder vermiete die Praxis

und verschwinde. Verschwinde in meine Träume. Das ist mein bester Gedanke seit Jahren. Prost.<<

Hebt sein Glas und trinkt es mit einem Schluck aus. Dreht sich um und geht bis an das Geländer, starrt runter zum Meer. Ich rufe ihm hinterher: >>Alex, wie sieht der Traum aus in dem Du verschwinden willst?<<

>>Mein Traum aus der Kindheit. Ich laufe nur mit einem Rucksack durch Südamerika. Du weißt, wir haben früher darüber gesprochen. Nur mit einem Rucksack um die Welt. Genau das werde ich nach meiner Rückkehr veranlassen. Alle Termine werden abgesagt und der Traum realisiert. Meine Kindheit und Jugend habe ich geopfert, nur damit ich mich heute Dr. Neumeier nennen kann und Porsche fahre. Nein danke. Der Preis ist mir zu hoch, das habe ich hier auf Eurer Terrasse festgestellt. Morgen fliege ich zurück, und ob ihr es mir glaubt oder nicht, ich verspüre unglaubliche Lust, eine Freude und tiefe Befriedigung in mir. Mit einem Wort „ Adiós muchachos".<<

>>Warte Alex, ich komme mit, das Gezicke ist nicht zu ertragen.<<

*

Morgens kommt Mariella auf die Terrasse,
Sonja sitzt allein am Tisch.
>>Na mein Schatz schon auf?<<
>>Ja, ja ich brauche Ruhe, genieße die Ruhe und
die gute Luft der Stunde. Kommst Du mit mir
ans Meer, Du würdest mir einen großen Gefallen
tun. Ich möchte mich mit Dir gern unterhalten, so
wie wir das früher getan haben.<<
>>Natürlich, ich stelle den anderen nur ihr
Frühstück hin.<<
>>Bitte, laß uns fahren, jetzt.<<
>>Ok, die können sich auch mal selbst bedienen,
groß genug sind sie ja.<<

Etwas abseits vom Strand unten, sind die beiden
zu dieser Zeit allein. Sitzen auf einem Felsen und
schauen aufs Meer.

>>Sonja, schau auf die Wellen, schau bitte genau
hin, egal wie lange und dann sage mir, was Du
fühlst?<<
>>Tut mir leid Mariella, ich sehe nur Wasser.<<
Ich bitte Dich Sonja, was fühlst Du. Freiheit,

Gelassenheit, Angst, was fühlst Du?<<

>>Soll ich ehrlich sein, Angst, nur Angst, ich fühle nur noch Angst. Angst vor der Zukunft, die in Verzweiflung endet. Ich habe keine Kraft mehr, seit ich weiß, daß der Krebs zurück ist, so sieht mein Leben aus, Mariella. <<

>>Oh Gott, wie kann ich Dir helfen?<<

>> Keiner kann mir mehr helfen, auch Du nicht. Aber eine Bitte habe ich, darf ich noch einige Tage länger bei euch bleiben, mein nächster Kliniktermin ist erst in einer Woche. Die Wärme hier tut mir gut.<<

>>Natürlich, schon Dich und komm zu Kräften, ich bespreche das nachher mit Cesar und bleib so lange wie Du möchtest.<<

Dankbar drückt Sonja Mariella die Hand.

*

Ich komme auf die Terrasse, blicke mich um, keine Traumfrau zu sehen, spreche von Mariella. Juan Pierre und Elisabeth kommen verkatert an den Tisch. >>Wo sind die anderen?<<

>>Alexander packt. Mariella und Sonja sind mit dem Wagen weg.<<

Juan Pierre schaut verknittert aus.

>>Dann laßt uns frühstücken fahren, ich lade Euch ein.<<

Alexander kommt mit seinem Gepäck hinzu.

>>Kommst Du mit zum Frühstück, Alex?<<

>>Nein, ihr nehmt mich mit zum Taxistand und weg bin ich, mein Traum wartet. Frühstücken kann ich auch noch im Flughafen oder in der Maschine.<<

>>Das ist tatsächlich Dein Ernst? Ich glaub es immer noch nicht.<<

>>Vielleicht überzeugt Dich ja meine Ansichtskarte, die ich Dir aus Brasilien sende.<<

Von Juan kommt: >>Genug geredet ich brauch ein Frühstück, also meine Damen und Herren, bitte richten Sie Ihren Sitz hoch und schnallen Sie sich an.<<

Nachdem wir Alexander abgesetzt hatten, ging es zum Frühstück in ein Strandlokal. Dort trafen wir dann auch auf Mariella und Sonja. Das Frühstück verlief ruhig und friedlich.

*

Juans Flug geht gegen Abend. Elisabeths und Sonjas Flug ging erst am nächsten Tag. So fuhr ich mit Juan zurück zum Haus. Die Frauen blieben am Meer.

*

Am Aeroschalter gibt Juan sein Gepäck ab und kommt auf mich zu.

>>Cesare, komm laß Dich umarmen, es wird für lange Zeit das letzte Mal sein, vielleicht sogar für immer. Ich leide unter HIV. Normal dürfte ich gar nicht mehr meinen Beruf ausüben, aber Du kennst ja meine Liebe zur Fliegerei. Ich werde zu einem Bekannten in die Staaten gehen, wenn er mich noch will. Grüß Mariella noch mal von mir und danke für Eure Gastfreundschaft. Ich melde mich.<<

Dreht sich um und verschwindet in der Menschenmasse. Schockiert versuche ich, ihn mit Blicken zu finden. War das unser letzter Kontakt? Nachdenklich verlasse ich das Flughafengebäude. Nehme mir vor, später mit Mariella über unsere Freunde zu reden.

*

Am nächsten Abend, nachdem Mariella
Elisabeth zum Flughafen gefahren hat, sitzen wir
beide auf der Terrasse. Sonja geht es
gesundheitlich nicht gut, sie hat sich ins
Gästezimmer zurückgezogen.
>>Na mein Lieber, wie beurteilst Du Deine
Freunde? Zufrieden mit ihrem Besuch?<<
>>Ja schon, daß es auch mal Schwierigkeiten
geben kann, wenn sechs Personen
aufeinandertreffen, ist doch normal. Wichtig ist
für mich, daß wir uns verstehen, alles andere
tendiert mich nicht, oder wie siehst Du das?<<
>>Ich sehe das so, unsere Freunde, egal wer es
ist haben uns ein Stück des Lebens begleitet.
Jeder natürlich auf seinem eigenen Weg. Aber
Einfluß auf unser Leben, ich weiß nicht recht.
Nein, und wenn, dann nur indirekt. Für mich
zählt jetzt nur das Heute. Elisabeth, wie Du
sicher bemerkt hast, sie ist verbittert und
frustriert, alles wegen ihrem Alkoholproblem.
Dadurch hat sie auch ihre Stellung beim Sender
verloren, ist jetzt auf Hartz 4. Dann noch eins,
Sonja hat Krebs und möchte noch einige Tage

bei uns bleiben. Was meinst Du?<<
Nachdenklich lasse ich einige Sekunden
verstreichen.

>>Sicher kann sie noch bleiben. Das mit ihrer
Krankheit, tut mir aufrichtig leid. Verwöhnen wir
sie noch die Tage, die sie hier bei uns ist. So
spielt das Leben mit einem. Auch wir leben nur
unser Leben, aber den Kontakt mit meinen
Freunden möchte ich nicht missen. Aber
kommen wir zum Wichtigsten im Leben, zu uns.
Was haben wir geschworen bevor wir unser
Haus hier gebaut haben Mariella? Was bitte?<<
Glücklich schaut sie mich an.

>>Wir schaffen uns unser Paradies mit einem
Garten wie in der Alhambra oder wie in
Cordoba.<<

>> Siehst Du, was haben wir hier mein Liebling?
Unseren Garten, schöner als der arabische in
Cordoba.<<

***

Das Sissyzimmer

Berlin, Innenstadt.

Ein Geschäftsreisender betritt ein teures Hotel und fragt nach einer Übernachtung. Der Empfangschef ist untröstlich und verneint.

>>Ich bitte Sie, Herr Bender, ein Haus wie Ihres hat doch immer noch ein Zimmer oder eine Suite in der Hinterhand. Für Promis oder so Leuten wie mir.<<

Herr Bender ringt mit sich.

>>Leider, leider wir haben in der Stadt drei Messen, es ist wirklich alles ausgebucht. Bei uns und auch bei unseren Mitbewerbern.<<

Ein Hunderteuroschein wechselt den Besitzer.

>> Ein Zimmer hätte ich vielleicht noch, es ist unser Sissyzimmer. Etwas speziell, wenn ich das so sagen darf.<<

>>Das heißt?<<

>>Es ist im Stil des Jahres 1850 eingerichtet. Mit schweren Vorhängen und übergroßem Bett und einigen Sondermöbeln. Ich kann Ihnen das Zimmer nur unter einer Bedingung überlassen,

Sie müssen es bis morgen um acht Uhr geräumt haben. Da haben wir eine neue Reservierung.<<
>>Ja natürlich, vielen Dank Herr Bender.<<

*

Am nächsten Morgen steht der Gast an der Rezeption und wartet auf seine Rechnung. Der Empfangschef wendet sich an den Gast.
>>Guten Morgen, wie haben Sie Ihre Nacht verbracht?<<
>>Danke gut, kam mir in dem riesigen Bett etwas verloren vor.<<
Gerade als Herr Bender antworten will, kommen drei Personen auf ihn zu. Eine aufgetakelte Dame so um die 50 Jahre, sie trägt einen engen schwarzen Rock, wo man den Straps seitlich erkennen kann. Ihre weiße Bluse steht etwas zu weit offen. Die grell geschminkten Lippen sind verschmiert. Die Frisur zerzaust. In ihrer rechten Hand hält sie provozierend eine Hundeleine, die bei ihrem älteren Begleiter am Hals endet. Der ist ungefähr gleichaltrig, kleingewachsen und ist sichtlich nervös. Steht unterwürfig hinter ihr. Neben ihr lehnt lässig ein junger Mann um die

zwanzig an der Rezeption. Blond, schlank und kräftig gibt der sich arrogant. Sein Mund weist Lippenstiftspuren vom gleichen Farbton ihres Lippenstifts auf und sein Hosenschlitz ist offen. Man erkennt, daß er sexuell erregt ist. Sie streicht sich eine schwarze Locke aus dem Gesicht und verlangt den Schlüssel.

>>Es tut mir leid, einen kleinen Augenblick, wir richten noch das Zimmer her. Bitte nehmen Sie doch eine Erfrischung auf Kosten des Hauses.<<

>> Papperlapapp, das macht Heinz hier. Dafür ist er ja schließlich da. Wenn ich bitten darf, den Schlüssel.<<

Der Empfangschef überreicht ihr den Schlüssel und sie geht klappernd mit ihren High Heels, den kleinen hinter sich herziehend, auf den Fahrstuhl zu. Der Blonde folgt den beiden aufreizend langsam. Fassungslos starrt der Gast hinter den Dreien her.

>>War das nicht ein Prominentenpaar? Verdammt ich komm nicht drauf. Gehen die jetzt in mein Zimmer?<<

Fragend schaut er jetzt den Hotelchef an.

>>Ja, das ist unsere neue Buchung. Fragen Sie mich bitte nicht nach dem Namen, wir sind

diskret und verschwiegen.<<

Ungläubig blickt er immer noch in Richtung Lift.

>>Was läuft da denn ab?<<

>>Das kann ich Ihnen nicht sagen, wir stellen nur unseren Gästen die Zimmer zur Verfügung. Der Rest geht uns nichts an. Wie gesagt, das Sissyzimmer ist schon Spezial.<<

>>Die machen doch einen Dreier da oben.<<

>>Das glaube ich weniger.<<

>>Was denn sonst?<<

Der Empfangschef kommt etwas dichter an den Gast.

>>Kennen Sie den Begriff „Cuckold" eine geheime Spielart der Liebe.<<

>>Nein, nie gehört, was ist „Cuckold"? Was passiert da denn so?<<

Die Stimme von Herrn Bender wird um eine Nuance leiser.

>>Sie haben doch eben die drei gesehen. Das sind in dieser Spielart die „Herrin" ihr „Cucki" und ihr Lover. Meist ist es so, daß dies bei Ehepaaren vorkommt. Er ist impotent oder devot. Seine Herrin bestimmt dann alles, auch die sexuellen Wünsche. Oft erfüllt der Cucki auch seiner Herrin die geheimsten Wünsche wie

Zuführung eines oder mehrerer Lover. Wenn es soweit geht, daß er beiden zu Diensten sein muß, dann spricht man von Sissyfizierung. Da haben wir sozusagen mit unserem Zimmer zwei Fliegen mit einer Klappe geschlagen. Wie der Volksmund sagt.<<

>>Wie bitte, was ist den Sissyfizierung?<<

>>So sagt man, wenn sich der Mann total unterwürfig macht und vom „Cucki" zur „Sissy" wird.<<<

>>Ich verstehe das immer noch nicht, geben sie mir bitte ein Beispiel.<<

>>Er muß die beiden in jeder Lage bedienen. Dem Lover Hilfestellung geben, wie die Beine seiner Herrin für ihn anheben, damit er sie besser lieben kann. Das kann so weit gehen, daß auch er sich dem Lover zur Verfügung stellen muß, wenn die Herrin das verlangt.<<

>>Mein Gott das ist ja furchtbar.<<

>>Nein, nein die haben alle größte Lust bei ihrem Treiben. Auch der devote Mann lebt so seine Neigungen aus.<<

>>Oh Gott, hoffentlich hat mich hier keiner vor dem Zimmer gesehen.<<

Der Empfangschef beruhigt ihn:>> Da brauchen

Sie sich keine Gedanken machen. Wir nehmen
mit der Kamera nur die Flure auf, aus reinen
Sicherheitsgründen. Die Bänder werden nach
einem Jahr sowieso gelöscht. Ah, da kommt Ihre
Rechnung. Ich wünsche noch eine gute
Heimreise und beehren Sie uns bald wieder.
Gern auch mal mit Gattin.<<
Geheimnisvoll lächelnd zwinkert er ihm zu.
Der Gast stürmt nach draußen.

***

Reise nach Jerusalem

Es gibt zwei Lebewesen auf dieser Welt, die mich nicht leiden können, unsere Katze und meine Oma. Oma ist schon lange verstorben, ihr sei es hiermit verziehen. Daß sie mich nicht liebte lag daran, daß ich wie ihr Schwiegersohn war. Noch heute höre ich ihre Worte: >>Schrecklich der Junge, er ist ja wie sein Vater, schrecklich.<<
Das Wort „schrecklich" verwendete sie immer, nicht nur bei mir. Das wiederrum beruhigte mich, denn nicht nur in Verbindung mit meinem Vater fiel es ständig. So verlief meine Kindheit normal. Übrigens, ihr Schwiegersohn, der ja bei uns wohnte, war der beste Vater, den sich ein Sohn wünschen konnte.
Kommen wir jetzt aber zu unserer Katze.

Der Name „ Baby" rührt daher, daß meine Frau sie als Babykatze gefunden und sie mit der Flasche aufgezogen hat. Also ein Handaufzucht. Baby, eine schlanke feingliedrige Katze mit schwarzem Fell, war immer der Typ „Rühr mich

126

nicht an". Daß sie zu mir kein Verhältnis aufgebaut hat, lag laut Aussage meiner Frau an mir, wie immer. Ich soll mal gesagt haben: >>Die spinnt doch die Katze.<<
Seitdem beachtet sie mich nicht mehr. Gut, ich kann damit umgehen. Wenn aber Geschöpfe, die mein Futter essen, mich nicht beachten, dann erfordert das viel Toleranz. Diese Toleranzgrenze ist jetzt von ihr überschritten worden und führte dazu, daß es zur „ Reise nach Jerusalem" kam.

*

Die Reise nach Jerusalem ist ein bekanntes Kinderspiel.

Die Stühle werden in einer Doppelreihe oder im Kreis so aufgestellt, daß alle Spieler um sie herumgehen können. In jeder Spielrunde befindet sich ein Stuhl weniger im Kreis als Spieler noch mitspielen. Sobald die Musik eingeschaltet wird, bewegen sich die Spieler möglichst schnell im Kreis rund um die Stühle. Stehenbleiben ist verboten, ebenso das Berühren der Stühle solange die Musik läuft. Wird die Musik wieder ausgeschaltet, muß sich jeder auf einen (freien) Stuhl setzen. Da es um einen Stuhl zu wenig gibt, bekommt ein Spieler keinen freien Platz mehr und scheidet aus. Anschließend wird wieder ein Stuhl entfernt, und eine neue Runde beginnt. Gewonnen hat der Spieler, der am Schluß übrigbleibt.

*

Dieses Kinderspiel haben wir jetzt auf unsere Situation umgewandelt. Seit einiger Zeit hat sich die Katze angewöhnt, nachts rumzuschreien. So nach dem Motto: »*Ich bin alleine auf der Welt, wo seid ihr bloß? Warum holt mich keiner? Ich halte es in der Dunkelheit nicht mehr aus.*« Frauchen aus dem Bett und hin zur Katze. Die lag in ihren Häuschen und schrie. Ein Spezialhäuschen aus leichtem Leinenstoff im arabischen Stil, wie es sich für die vornehme Katze im Süden gehört.
>>Komm mit ins Bett und sei ruhig.<<
Nicht daß Sie glauben, das wäre das erste Mal, daß sie ins Bett durfte. Nein, nein sie schlief schon immer bei Frauchen am Fußende. In der

nächsten Nacht das gleiche Spiel. Jetzt meinte meine Frau: >>Die spinnt doch, die Katze. Die lassen wir schreien, bis sie von allein aufhört.<< Sie hörte aber nicht auf.

>> Baby hörst Du auf, wir wollen schlafen, ich walk dich durch.<<

>>Sinnlos, glaub mir, es ist sinnlos. Ich muß ihr wohl in einer launigen Minute erzählt haben, daß bei uns im Haus weder Mensch noch Tier geschlagen wird.<<

>>So und was machen wir jetzt?<<

>>Womit können wir sie am meisten beeindrucken, was meinst Du. Ich will es Dir sagen, sie fliegt raus. Wenn sie nicht aufhört, macht sie die Reise nach Jerusalem, so einfach ist das.<<

>>Mm, aber nur als letztes Mittel, ich versuche es nochmals mit gutem Zureden.<<

Nach fünf Minuten reichte es mir, ich stand auf und sie flog raus. Mißtrauisch überwacht von Frauchen, daß bloß der Katze kein Unheil geschieht. Nach einer Stunde ein klägliches „ Miau" am Fenster.

>>Ich laß sie rein.<<

Frauchen steht auf und geht zur Haustür. Baby ist schneller im Bett als Frauchen. Dann war für die nächsten Nächte Ruhe.

Jedenfalls nimmt sie die Drohungen von Frauchen weiterhin nicht ernst. Nicht einmal, daß ein Hausschuh auf ihrem Hinterteil landen könnte. Sie schreit weiter bis zu dem besagten Satz: *„Baby, es geht ab nach Jerusalem"*. Dann schleicht sie sich still und leise erst unters Bett, und wenn unser Atem ruhig und gleichmäßig geht, springt sie geschickt aufs Laken und schläft mit uns ein.

***

Polizeiwagen

Unsere Siedlung liegt an einem Hügel nach Süden. Man hat einen herrlichen Blick aufs Meer und die Berge. In den letzten Wochen fällt auf, daß wir vermehrt von der Polizei patrolliert werden. Anfangs hegten wir den Verdacht, daß dies aus Sicherheitsgründen geschieht. Ein beruhigendes Gefühl machte sich bei uns breit. Nur gab es vor den Kontrollfahrten so gut wie nie Einbrüche oder andere kriminelle Vorfälle. Merkwürdig kam uns auch vor, daß der Streifenwagen nur den direkten Weg bis zum höchsten Punkt der Siedlung nahm und dort für lange Zeit verweilte. Es sind immer ein Beamter als Fahrer mit seiner jungen Kollegin. Unterschiedliche Meinungen prallten aufeinander.

>>Die suchen die Gegend nach Spitzbuben ab.<<

>>Nein, ich glaube das ist eine verdeckte Aktion.<<

>>Nein niemals, was für eine Aktion denn?<<

>>Soll ich euch sagen, was die dort oben machen? Die üben geheime Grifftechniken oder sorgen für den polizeilichen Nachwuchs und nichts anderes.<<

>>Das glauben wir nicht.<<

Beteuerte die Mehrheit der Nachbarn. Bis es zu dem Tag der Wahrheit kam.

*

Der Tag ist brütendheiß. Temperaturen um die 40 Grad im Schatten. Der Streifenwagen biegt langsam in die Siedlung ein. Fährt dann wie immer bis zum höchsten Punkt der Siedlung und stellt dort den Motor ab. Alle Fenster sind offen. Die Siedlung erstarrt in der Mittagshitze. Bis uns ein Geräusch aus der Ruhe reißt.

Spitze Schreie tönten bis zu unseren Häusern. Verwundert blickten wir nach oben. Als ich dem genauer nachging, sah ich am schaukelnden Polizeifahrzeug, daß die Laute nur von dort kommen mußten.

>>Was passiert da oben?<< Fragte ein Nachbar.

>>Na, was wohl? Der testet seine Kollegin wieder.<<

>>Meinst Du, die machen kleine Guardias?<<

>>Na, was denn sonst, schau doch wie das Fahrzeug wackelt. Die Schreie und das Stöhnen, wer macht das da oben? Die Steine?<<

>>Das verstehe ich nicht, das können die doch zu Hause machen.<<

>>Zu Hause? Vielleicht wartet da ja eine Ehefrau oder ein Ehemann und außerdem bekommen sie das ja während der Dienststunden bezahlt.<<

>>Aber doch bitte nicht bei uns in der Siedlung.<<

>>Laß sie doch. Ich glaube, es fummelt sich besser mit Meerblick.<<

***

Führerscheinprüfung?

Bei meiner letzten Bahnfahrt fand ich in einem Abteil einige Blätter Papier mit eigenartigen Fragen.

Wahrscheinlich hat ein sogenannter Verkehrsfachmann die Bögen liegengelassen.

Sind das jetzt Prüfungsfragen für eine Führerscheinprüfung oder die aus der Medizinisch-Psychologischen Untersuchung, auch als Idiotentest bekannt. Urteilen Sie selbst:

Darf ein Rechter dreimal am Tag links abbiegen? Ja / Nein

Darf die Gebärmutter während der Fahrt stricken? Ja / Nein

Darf man im Schaltjahr Automatik fahren. Ja / Nein

Wer fünf Runden im Kreisverkehr fährt und dann noch fünf Meter gerade laufen kann, braucht keinen Alkoholtest zu machen. Ja / Nein

Wer mit abgefahrenen Reifen / Slicks zum Autorennen fährt, macht der sich strafbar. Ja / Nein

Müssen Farbige nachts mit offenen Mund fahren, damit man im Verkehr wenigstens die Zähne sieht. Ja / Nein

Darf man mit Glasaugen Auto fahren. Ja / Nein

Sind nachtblinde Personen in der Lage im Schatten zu fahren. Ja / Nein

War der Stern auf einer bestimmten Automarke früher eine Zieleinrichtung gegen andre Verkehrsteilnehmer. Ja / Nein

Bei einer Geschwindigkeitsbegrenzung von 50 km, darf man dann mit Beifahrer 100 km fahren. Ja / Nein

Dürfen Sie als Fahrzeugführer dicke Passanten abschleppen. Ja / Nein

Ist es gestattet, bei Streit mit seinen Mitfahrern diesen den Airbag abzuschalten. Ja / Nein

Reicht es aus, wenn Sie vor einer Stopstraße nicht halten, sondern zweimal Stop rufen.
Ja/ Nein

Dürfen Sie mit ihrem Geländefahrzeug an militärischen Übungen teilnehmen:
Wenn Sie eine Sexbombe an Bord haben.
Ja / Nein
Wenn Sie panzerbrechende Waffen mitführen.
Ja / Nein
Wenn Sie granatenscharf sind.
Ja / Nein
Wenn einer ihrer Ahnen an einem Krieg teilgenommen hat.
Ja / Nein
Hier sind mehrfach Benennungen möglich.

Stimmt es, daß es in einigen ländlichen Kreisen noch die Regel des Stärken gibt. Wie Auto vor Fußgänger. LKW vor PKW.
Ja / Nein

Sie sollen vor ein Verkehrsgericht als Angeklagter. Was dürfen Sie?
Dreimal den Richter als befangen ablehnen?
Ja / Nein

Ihre Frau hinschicken? Ja / Nein

Lügen, daß sich die Balken biegen?
Ja / Nein

Versuchen, den Richter zu bestechen?
Ja / Nein

Im Ausland die Verjährung aussitzen?
Ja / Nein

Wenn Sie jeden Freitag um die gleiche Zeit in
eine Vorfahrtsstraße einbiegen, haben Sie dann
Vorfahrt, wegen des Gewohnheitsrechts.
Ja / Nein

Wo dürfen Sie alkoholisiert fahren.
Auf Autobahnen. Ja / Nein
Bundesstraßen. Ja / Nein
Nebenstraßen. Ja / Nein
Forst- und Waldwegen. Ja / Nein
Nur in der Stadt nach 20 Uhr. Ja / Nein
Nur in ländlicheren Gegenden. Ja / Nein
Immer nach dem Kirchgang. Ja / Nein
Bei Familienfeiern. Ja / Nein
Hier sind mehrfach Benennungen möglich.

Kann Ihnen bei Fahrerflucht ein Priester durch
Beichte, die Strafe erlassen.
Ja / Nein

Sie müssen Ihre Schwiegermutter aus
Platzgründen im Auto übernachten lassen. Wo ist
das erlaubt.
Auf öffentlichen Straßen. Ja / Nein
In Gefahrenzonen. Ja / Nein
Auf Privatgelände. Ja / Nein
Nur in Garagen. Ja / Nein
Am Friedhof. Ja / Nein

Ist Rückwärtsfahren im allgemeinen Verkehr
erlaubt.
Ja / Nein

Sie haben auf einem Parkplatz einem anderen
Fahrzeug eine Schramme oder Beule
reingefahren. Der Fahrzeughalter ist aber nicht
da. Wie verhalten Sie sich:
Das interessiert doch kein Mensch und Sie
fahren weiter. Ja / Nein
Der hat selber Schuld, warum steht der auch da.
Ja / Nein
Ich kann den Schaden nicht bezahlen, ich habe

kein Geld. Ja / Nein

Ich provoziere schnell einen Unfall und schiebe dem Gegner die Schuld in die Schuhe. Ja / Nein

Ich bin schuldlos, weil ich gar keinen Führerschein besitze. Ja / Nein
Hier sind mehrfach Benennungen möglich.

Darf Zechprellern der Führerschein entzogen werden.
Ja / Nein

Sind Farbenblinde bei Ampelverstößen schuldlos.
Ja / Nein

Können Sie bei einem Verkehrsunfall Gott als Ihren Zeugen angeben. Ja / Nein

Sie können den PKW-Kredit nicht mehr bedienen, was machen Sie.
Sie geben das Fahrzeug zurück. Ja / Nein
Sie übergeben den Wagen einem Polen und melden ihn als gestohlen. Ja / Nein
Sie versenken das Auto in einem See. Ja / Nein
Sie fahren ihr Fahrzeug gegen eine Wand und behaupten das war Ihre Frau. Ja / Nein

Wann dürfen Sie im Auto ein Kind zeugen.
Während der Fahrt. Ja / Nein
Nur an Sonn- und Feiertagen. Ja / Nein
Wenn Sie noch lenken können. Ja / Nein
Werktags nach 23 Uhr. Ja / Nein
Nur im Winter, wenn auch die Heizung geht.
Ja / Nein
Nur in bequemer Stellung. Ja / Nein
Hier sind mehrfach Benennungen möglich.

Ihr Fahrzeug hat einen kapitalen Motorschaden.
Wer trägt die Schuld?
Der Hersteller? Ja / Nein
Ihr Partner? Ja / Nein
Das Öl, auch wenn keins drin ist?
Ja / Nein
Ihre Tankstelle, die muß schließlich darauf
achten. Ja / Nein

Jetzt bitte entscheiden Sie sich.

***

Pisspottwäsche

>>Du hast aber auch einen Haarschnitt nötig.<<
Erstaunt drehe ich mich um. Ein Bekannter aus
dem Ort grinst mich an. Joachim und ich sind
beide bei „Carmens Haarsalon" Kunden.
>>Ja, ja, wenn das mal so leicht wäre mein
Lieber. Du bist doch auch bei Carmen, die hat
leider ihren Laden geschlossen. Jetzt suche ich
einen neuen Frisör, der mit dem Messer die
Haare schneidet. Da war sie einmalig in ihrem
Handwerk. <<
Joachim fängt an zu lachen.
>> Bei ihr bekommst Du jetzt nicht nur Deinen
Messerschnitt, sondern auch noch eine
„ Pisspottwäsche" dazu.
Sie schneidet jetzt nur noch privat zu Hause. Ich
gebe Dir ihre Telefonnummer. Das mit dem
Salon konnte sie nicht mehr bezahlen, Miete,
Versicherungen, na Du weißt ja die „Crisis".<<
>>Halt, was ist denn eine Pisspottwäsche?<<
>>Ha, ha, gehe hin und laß Dich überraschen.

Glaub mir, es lohnt sich. Da verspreche ich Dir da nicht zuviel. <<

*

Also auf zu Carmen. Nach Frisörtermin und Adressenangabe stehe ich unten vor dem Hochhaus. Da es in Spanien keine Namensangaben an der Klingel gibt, bin ich ratlos. Sie sagte 5ter Stock, aber welche Klingel, A, B, C oder D? Ich drücke alle. Die Tür summt und läßt sich öffnen. Der Fahrstuhl bringt mich mit Gepolter in den 5ten Stock. Hier warten Carmen und zwei Nachbarn auf mein Erscheinen. „Entschuldigung" murmelnd verschwinde ich mit Carmen in ihrer Wohnung. Durch den Flur geht es in einen kleinen „Salon". Ein Frisörstuhl ist so aufgestellt, daß der Kunde zum Fenster hin blickt. Neugierig schaue ich mich um. Ein kleines Bord, wo sie ihre Scheren, Messer und Kämme abgelegt hat sowie eine modische Frisurenzeitung. Es gibt keinen Wasseranschluß und keinen Abfluß. Wahrscheinlich hatte das in der Planung vor Jahren noch keine Bedeutung oder der Raum

142

wäre für zwei Personen zu klein geworden. Kein Problem, wir sind in Spanien. Nach den üblichen Floskeln nach der Situation und der Familie ging es mir an die Haare.

>>Wie immer Carmen, Du kennst das ja, mit dem Messer.<<

>>Ich muß aber erst Deine Haare waschen.<< Jetzt bin ich aber gespannt, wie sie das hier auf ihrem Stuhl bewerkstelligen will. Dreh mich um, damit ich nichts verpasse. Carmen verläßt den Salon und kehrt mit einem Eimer und einem Topf zurück. Stellt beides unter dem Stuhl ab und verläßt erneut den Raum. Sollte das der benannte Pisspott sein? Ich erheb mich und schau genau hin. Tatsächlich ein Pinkelpott, wahrscheinlich ausgeliehen von den Kindern. Carmen kehrt zurück ins Zimmer, in der Hand eine Dusche mit grünem Schlauch, der mir aus unserem Garten bekannt vorkommt. Egal, ich lehne mich jetzt gelassen in meinem Stuhl zurück und warte auf das, was passiert. Ein handwarmer Wasserstrahl, dann ein kaltes Etwas. Haarshampoo vermute ich. Was mich aber fasziniert ist das Plätschern des Abwassers im Eimer. Abgelenkt werde ich durch das

angenehme Gefühl der Kopfmassage. Dann wieder das Wasser. Mit einmal versiegt das Wasser.

>> Was ist los Carmen, ich habe noch Schaum im Haar.<<

>>Einen Augenblick, ich stell nur schnell den Abfluß um, es geht gleich weiter.<<

Mit nassem Haar und Schaumkrone hänge ich mich seitlich aus dem Stuhl. Tatsächlich schiebt sie das Töpfchen unter den Abfluß. Laut auflachend kommen mir die Worte von Joachim in den Sinn.

>>Warum lachst Du?<<

>>Schon ok, mir ist gerade was eingefallen, es ist nicht so wichtig.<<

Nach dem nächsten Wasserguß kam das Messer. Zufrieden mit meiner Frisur und dem Erlebten verließ ich ihren Salon.

*

Pisspottwäsche ist jetzt bei den deutschen Kunden von Carmen ein geflügeltes Wort geworden. Da heißt es nicht: Du brauchst

dringend einen Haarschnitt, sonder schnell eine
P.-Wäsche.

***

Das Böse

Warnung!

Diese Geschichte lesen Sie bitte nicht, wenn Sie:
Schwache Nerven haben.
Allein im Haus sind.
Es draußen dunkel wird.
Ein Aufenthalt draußen in der Nacht geplant ist.

*

Bitte setzen Sie sich in eine ruhige Ecke oder noch besser, Sie legen sich entspannt aufs Bett. Schließen Sie die Augen und atmen langsam und tief durch. Stellen Sie sich jetzt vor, Sie kommen nachts nach Hause. Ein schöner, interessanter Abend liegt hinter Ihnen. Sie Stellen Ihren Wagen ab und gehen durch die Dunkelheit zu Ihrer Haustür. Mit einem Mal verspüren Sie wie eine riesige unsichtbare Hand Besitz von Ihnen Körper ergreifen will. Es schaudert Sie so, das sich Ihre Nackenhaare sträuben. Verzweifelt versuchen Sie ins Haus zugelangen. Brechen fast in der Hast den Türschlüssel ab. Erst im Haus bei Licht beruhigen Sie sich wieder.

*

Sie liegen schlafend im Bett. Erwachen, weil Sie das Gefühl haben, jemand steht neben Ihrem Bett. Ängstlich versuchen Sie in der Dunkelheit etwas zu erkennen, als Sie spüren, wie ein kaltes Etwas von unten über Ihre Füße nach oben streicht. Erschauernd springen Sie hoch und schalten das Licht an. Niemand zu sehen. Das Thermometer zeigt 26 Grad Raumtemperatur an. Gänsehaut überzieht Ihren Körper. Verängstigt schließen Sie das Fenster. Sie frösteln vor Angst und rollen sich wie zum Schutz in Ihre Bettdecke ein. Stundenlang liegen sie noch bei Licht wach. Als Sie ihrem Partner sagen, Sie können nicht pennen, kommt von ihm nur verschlafen: >>Siehst Du, das Böse schläft nie.<<

*

Ihr Spaziergang führt Sie wie durch Zufall an einem Friedhof vorbei. Eine Trauergemeinde kreuzt Ihren Weg. Wie unter Zwang folgen auch

Sie dem Sarg. Neugierig mustern Sie die
Gesichter der Trauernden. Niemand, aber auch
niemand kommt Ihnen bekannt vor. Je länger Sie
dem Zug folgen haben Sie den Eindruck, daß Sie
nicht wahrgenommen werden. Keiner grüßt Sie
oder bemerkt Sie. Die Gemeinde erreicht das
ausgehobene Grab. Der Sarg wird unter der
Musik von Georg Friedrich Händel abgelassen.
Dann passiert etwas Ungewöhnliches. Einer der
Sargträger springt in die Gruft und öffnet den
Sarg, schiebt dann den Deckel zur Seite. Sie
stehen in der dritten Reihe und drängen jetzt
nach vorn. Schweigend machen Ihnen die
Trauernden Platz. Gerade, als Sie zur Erde
greifen wollen, ruft es aus dem Sarg. Sie blicken
unwillkürlich nach unten.
Schreiend wachen Sie auf.

*

Es ist nachmittags, Zwielicht setzt draußen ein.
Sie wollen in den Keller, um eine Flasche Wein
zu holen. Versuchen das Kellerlicht
einzuschalten, es geht nicht. Unbehagen befällt
Sie.

>>Sei kein Hasenfuss, was soll schon passieren? Du bist doch schon tausendmal hier unten gewesen, da ist doch niemand.<<

Langsam betreten sie die Kellertreppe. Bei jeder Stufe richten sich bei Ihnen mehr Nackenhaare auf. Es ist grabeskalt. Vorsichtig tasten Sie sich nach unten. Licht von dem Kellerfenster läßt Sie gerade noch Umrisse erkennen. Plötzlich bewegt sich ein Schatten vor Ihnen. Eine Katze schreit auf. Versteinert bleiben Sie stehen. Voller Furcht blicken Sie wie zufällig auf einen alten Spiegel. Erschreckt weichen Sie zurück. Ihr Blick läßt Sie erstarren. Eine schreckliche Fratze starrt Sie furchterregend an. Was Ihnen da entgegen blickt, ist das Böse in reinster Form.

Sie sehen sich selbst.

***

Lottogewinn

Oder warum ich nicht im Lotto den Hauptgewinn erzielen will.

An einer Lottoannahmestelle treffen sich jeden Freitags gegen 18 Uhr zwei ältere Herren.
>> Na, wieder kein Glück gehabt? <<
>>Ja, ja die Hoffnung stirbt bekanntlich zuletzt, aber jede Woche ein neuer Versuch. Nur, daß ich den großen Gewinn hier abhole, daran glaube ich nun nicht unbedingt.<<
>>Warum spielen Sie dann?<<
>>Gute Frage, Gewohnheit, Hoffnung auf einen kleinen Gewinn. Aber 6 Richtige, die will ich gar nicht. Das fängt schon mal damit an, daß bei der plötzlichen Erkenntnis, 6 Richtige zu haben, mein Blutdruck nach oben schnellt. Die andere Frage, ist hält das mein Herz überhaupt aus? Dann stürmen Fragen auf mich ein:

Wen informiere ich darüber. Familie, Freunde oder auch Bekannte?

Bleibe ich dort wohnen oder ziehe ich in den Süden?

Welchen Sportwagen kaufe ich mir als erstes?

Zahl ich meine Erben aus?

Bleibe ich weiter in meinem Beruf oder werde ich Privatier?

Mach ich eine Weltreise und wenn mit wem?

Welchen Bankberatern oder Finanzspezialisten vertraue ich?

Wie und wo lege ich mein Kapital an?

Welchen Freunden vertraue ich noch in der Zukunft?

Macht Geld glücklich?

Warum wollen die Reichen immer reicher werden? Muß ich da denn mitmachen?

Kann es mir mit dem Reichtum dann besser gehen wie jetzt?

Nur Fragen und kaum Antworten.

Bleibt zum Schluß die Frage warum also keinen Hauptgewinn?

Ich will es ihnen sagen: >>Wovon soll ich dann noch träumen?<<
Nach Bezahlen seines Losscheins wendet er sich wieder an den Mitspieler.
>>Wenn Sie den Sechser holen, berichten Sie mir, wie Sie damit umgegangen sind?<<
>>Werde es versuchen, aber ob wir uns hier wieder treffen, das steht in den Sternen.<<

>>Ja, ja so ist das mit Gewinnen.<<

***

Leben im Süden

Leben im Süden kann ich nur jedem empfehlen. Nicht nur aus medizinischer Sicht, sondern auch, um Kultur, Land und Leute kennenzulernen. Hier, wo fast immer die Sonne scheint, gibt es auch Schatten. Schatten, die oft aber auch von den Besuchern kommen oder nur gesehen werden.

Für die Männer sei gesagt, nicht verzagen, viele haben schon den Sprung auf eine Senorita geschafft. Dann bläst auch für sie im nächsten Jahr ein frischer Alimentenwind.
Auch den Frauen kann ich Mut machen, es schläft sich gut in den Armen eines heißblütigen Spaniers. So sagt man. Nur wundern Sie sich nicht, wenn er ein rotes Tuch mit zur Verabredung bringt, dann nämlich steht Ihnen eine Corrida bevor. Achten Sie nur darauf, daß sein Degen Sie an der richtigen Stelle erwischt.

*

Wenden wir uns dem Sport zu. Hier können wir im Süden neben der Kultur mit den größten Erfolgen aufwarten. Im Tennis seit Jahren in der Weltspitze. Beim Radrennen stellen wir immer die Besten, auch mit Doping. Die Fußballliga ist einmalig. Da kann Ihnen nicht nur ein Ball ins Gesicht fliegen, nein gern auch mal eine Faust. Das aber nur, wenn Sie auf der falschen Seite stehen. Aber trösten Sie sich, es ist eben wie überall in den internationalen Stadien.

Wenn Sie sich entschlossen haben, für einige Zeit in den Süden zu kommen, dann lassen Sie bitte Ihre Probleme im heimischen Schrank zurück. Erleben Sie die Sonne, gelassen und fröhlich wie die Einheimischen. Verzeihen Sie der Bevölkerung, daß die immer noch kein deutsch sprechen, obwohl Sie seit Jahren hier Ihren Urlaub verbringen. Sie lernen doch auch kein Türkisch, auch wenn Ihre Tochter einen türkischen Freund hat.

Wirtschaftlich läuft es bei uns etwas anders. Die Crisis hat alle erreicht. Die Reichen sind alle geflohen, nur noch die Arbeitenden machen

Überstunden. Die brauchen aber nicht bezahlt werden, nein die werden ehrenamtlich abgegolten. So sieht Crisis bei uns aus.
Auch das Problem mit den Flüchtlingen haben wir seit Jahren gelöst. Schon immer nimmt Spanien gern Flüchtlinge auf.
Steuerflüchtlinge.

*

Letzte Meldung vom Wochenmarkt:

Schlüpfersiggi will hinschmeißen. Nicht nur die Schlüpfer, sondern auch seinen Job. Nach unserer Recherche stinkt es ihm, daß immer nur er bei den dicken Frauen die Schlüpfer hochziehen muß.
Wir bleiben dran.

***

Weitere Veröffentlichungen:

Enten werden auch zuerst am Arsch dick

Das Buch „Blödsinn„

*

In der Berlinkrimreihe:

Fröhlich war Gestern

Der Nackigmacher

Der Tod kehrt zurück

*

Thriller:

IS-Raketen auf Berlin

Die Präsidentenhure

Der Seelenkauf